後宮の毒《どく》華《か》

夏炎の幽妃

太田紫織

角川文庫
23777

◉目次

後宮の毒華人物紹介

ドゥドゥ

正四品『美人』の位を持つ
名ばかりの妃。
古今東西の毒に通じ、
後宮を守る存在。

高玉蘭《こうぎょくらん》

高家の庶子の少年。
姉の翠麗が後宮で失踪し、
不本意だが身代わりに。
情に厚く弱き者に優しい。

翠麗《すいれい》

玉蘭の姉。
正一品『華妃』の位に
わったが失踪。

玄宗《げんそう》

唐の皇帝。
乱れた世に
平穏を取り戻した
英雄だが……。

楊貴妃《ようきひ》

たぐいまれな
美貌と才を持ち、
玄宗の寵愛を
一身に受ける。

高力士《こうりきし》
玉蘭と翠麗の叔父で、玄宗の側近。
全ての事情を把握。

桜雪《おうせつ》
翠麗の侍女。
玉蘭の教育係を務める頼もしい存在。

絶牙《ぜつが》
忠実なる宦官。
言葉を発せないが、武術に秀でている。

茴香《ういか》
翠麗の衣装係。
玉蘭を美しく飾ることに余念がない。

イラスト／千景

普段温厚な父上の「いい加減にしないか！」と怒鳴る声を聞いて、幼い僕はお気に入りの杏《あんず》の木の上で震えた。

しばらくして、息を切らして駆けてきたのは姐《あね》の翠麗《すいれい》で、彼女は酷《ひど》く乱れた呼吸を鎮めようと、必死に口元を押さえていた。

「姐《ねえ》さん？」

父上もだが、姐さんも普段からあまり取り乱すことはない。僕が驚いて声をかけると、姐さんは黙って僕を抱きしめた。

僕は急に心配になった。

ぎゅっと結んだ唇と荒い吐息は、どうやら走ったのが理由ではなく、姐が心を——そう、怒りだとか、悲しみだとか、そういう荒ぶる心を、涙を堪《こら》えるためだと気がついたからだ。

「……大丈夫？　翠麗」

おずおずと問いかけると、姐さんは静かに僕を抱く腕をほどき、そして僕の額に唇を落とした。

「ええ……何でもないわ」

「父上と喧嘩《けんか》したの？　叔父上《おじうえ》と？　それともお客様？」

「………」

翠麗がきゅっと下唇を噛《か》んだ。不機嫌さを誤魔化すときの姐の癖だ。今日は父の同僚である文官数人が、父と酒宴を開いていたはずだ。姐さんは今日、そこに呼ばれていたはずなのに。

「武則天《ぶそくてん》様の話をしたら、この有様よ……」

やがて姐さんがそう、小さな声で絞り出した。

「武則天様？　それで怒られたの？」

「ええ。でもお父様達は何もわかっていないの」

彼女は忌々しげに吐き捨てると、杏の木の葉を手慰みのように一枚ちぎった。

「彼女はこの唐《とう》をいかに統治するか、よく考えていらっしゃったわ。貴族の官僚ばかりで行われた政治を変えるため、科挙をより市民に開かれたものに変えた結果、狄仁傑《てきじんけつ》様や宋璟《そうけい》様といった優秀な宰相達が発掘された。この大きく膨らんだ大唐は、もはや貴族だけでは支えられないの」

そこから姐さんは、なんだか難しい政治の話をしてくれた。

「……翠麗は、武則天様が好きなんだ」

でも残念ながら僕にはさっぱりで、唯一理解できたのは、翠麗がその人を尊敬しているってことだった。

かつてこの国を支配したその女帝の名は、幼い僕ですら知っている――彼女を称《たた》えるようなことを口にしてはいけないことも。

彼女は女性でありながら、この国を支配した女禍だ。たくさんの法律を壊して、作り替えようとした。

叔父の高力士《こうりきし》様がお仕えして、大変苦しまれたのも知っている。だから、翠麗がこんな風に、その禁忌に触れるのに、僕は驚いた。

「お父様達は自分の財産を守ろうとするばかりで、敵と味方の区別すらついていないのよ。確かに武則天様が、強引に一代で政治を変えようとしたことは、正しくなかったかもしれないわ。彼女が暴君であった事実も否定はしない。けれど彼女の時代、市民や農民が蜂起《ほうき》することもなかった」

姐さんは、どこか宙を見ながら、けれども熱っぽく、力強くそう語った。

姐さんは賢い。

きっとこの家の誰よりもずっと。

「大人達は、どうしてこんな単純なことがわからないのかしら。国に愛されなかった者達が、どうしてこの国を愛すると思う？　国に守られなかった者達が、なぜこの国を守ろうとすると思うの？　国が民を愛さなければ、民は逃げるか、背《そむ》くかのどちらかよ」

力ある者、賢《さか》しき者は国を捨て、そうして外からの支配者と、残った愚か者達だけが、この国が枯れるまでしゃぶりつくすの——と、姐さんは呆《あき》れたように吐き出すと、僕を見た。その目はもう泣いていなかった。

「いい、玉蘭《ぎょくらん》。貴方《あなた》はそんな風になってはダメよ。そんな大人には絶対になっちゃダメ。弱い者、貧しい人に優しくするの——いいえ、そうじゃないわ、本来命は対等なものよ。かつて大秦《ローマ》では、平民と貴族の政治的平等を成し遂げた時代があった。唐もそうなるべきだわ」

「命は対等？」

「ええ。確かに身分は大事だわ。決まり事があった方が、世の中は車輪のように綺麗《きれい》に回る。でも命は別よ。どんな命も価値は同じ。身分の差が命の重さの違いになってはダメなのよ。富める者の為に、弱い人たちを犠牲にする社会には、いつか必ず手痛いしっぺ返しが待っている」

「よくわからないけれど……つまり誰にも優しく、親切にすれば良いんだね。どんな人にも——姐さんみたいに」

僕が答えると、姐さんはぱっと笑った、月のように。

「ええそうよ、玉蘭。貴方は本当に良い子ね」

姐さんはそう言って、もう一度僕をぎゅっと力強く抱きしめた。月下美人の花の、優しくて甘い香りがした。

「玉蘭。貴方は傷つく弱い人たちの為に、涙を流せる優しい子に育つのよ。善意には善意を、好意を、感謝を返すことも忘れないで。そうすればきっとみんなも、貴方のことが好きになるわ。ね？　姐さんと約束よ、小翠麗」


政治のことはわからない。父上が正しいのか、姐さんが正しいのかさえ。

でも姐さんが誰よりも優しい人なのはわかっていた。

だから僕は思った。たとえこれが——もしかしたら、正しい事じゃないかもしれなくても。それでも、僕は姐さんの心を守ろうと。

貴女《あなた》の信念を守る事を、僕の信念にしよう。僕はその時強く思ったのだ。あの日、杏の木の上で。僕らの秘密の隠れ家で。

第一集

玉蘭、酔っ払い詩仙を救う

一

夏の始まり、水の悪月に沈む後宮の空気は、毎日しっとりとして冷たかった。

何もすることのない僕にとっては、雨音すら楽しいものではあったけれど、それでもこう毎日続くと飽き飽きしてくる。

「暑いと小さな白娘子《はくじょうし》がかわいそうだけれど、こう寒いのも困りますね」

普段暴れん坊の怪物が、自分専用の綿布団で丸くなっているのを見ながら、僕は小さく溜息《ためいき》を洩《も》らした。

姐《あね》の愛犬がおとなしいのはありがたいことだけれど、寒すぎて病気にでもなりはしないか、心配になってしまう。

僕の溜息にうなずきつつも、絶牙《ぜつが》は白娘子を見て少し眉間《みけん》にしわを寄せた。

「でも……やっぱりこっちの方が平和だと思っていますか？」

僕が苦笑いで問うと、彼も顔をくしゃっとさせた。そうして僕は寝ている白娘子の頭を撫《な》でようとしたけれど、白娘子は顔も上げずにグーと唸《うな》った。相も変わらずこの子は媚《こ》びない。

まったく……姐《ねえ》さんはこの子のどこが可愛かったのだろう。

とはいえ、部屋の中に生き物がいるのはいい。一人じゃないと感じられるのは。

勿論《もちろん》絶牙は常に傍らに控えているし、女官達も出入りしている。桜雪《おうせつ》や茴香《ういか》もだ。今の僕に本当に一人の時間は無いんだけれど。

でもなんというか、こういう愛すべきものの存在はまた少し違う。

「なにかもうちょっと、愛想の良い生き物がいてもいいな」

そう僕が思わず独りごちると、絶牙が少し悩むように宙を見てから、やがてどこかから鳥かごを持って現れた。

「小鳥、ですか？」

確かに部屋に、よくさえずる綺麗な小鳥がいたら、いっそう嬉《うれ》しいかもしれない。

「そっか……そのくらい、高力士《こうりきし》様に相談してみようかな」

結局、陛下からのご褒美もちゃんといただいてはいないし、おねだりすればそのくらいは許して頂けるだろう。

そしてふと、あのいつも静かなドゥドゥさんの部屋のことを思い出した。

彼女の部屋にも小鳥がいたら、それは楽しく美しいさえずりを、彼女に届けてくれるのではないだろうか？

そう思って、さっそくドゥドゥさんの所に向かった。

ドゥドゥさんの住まいは、掖庭宮《えきていきゅう》の中でももっとも外れで寂しく、薄暗い場所に位置している。他の女官や妃嬪《ひひん》もまずこないし、その声すら届きはしないのだ。

女官も一人だけ。慎ましく暮らす彼女の生活に、毒以外の慰めがあってもいいだろう。

「いらぬ」

けれど、せっかくの僕の提案は、ドゥドゥさんにあっさり断られてしまった。

「え……でも、可愛いですよ。実家でも数羽飼っていて――」

「死んでしまう」

「へ？」

「吾《われ》は日がな一日、毒を舐《な》めたり煮たりしておるがゆえ、小鳥はすぐに死んでしまうのじゃ。小さきものどもは弱すぎる」

「あ……」

だから子猫や子犬も飼えぬ……と、ドゥドゥさんは不満げに鼻を鳴らした。

つまり毒の強い香りのせいで、小鳥はすぐに死んでしまうということか。

それを聞いて、近侍として控えていた絶牙が、はっとしたように僕を慌てて連れ帰ろうとした。

「い、今は大丈夫ですよね⁉」

たっぷり悩むように時間をおいてから、「……おそらくは」と彼女はちょっと自信なげに言った。

「いや、ま、ま、待ってくださいって！　絶牙！」

慌てて僕を小脇に抱えて連れ去ろうとする絶牙を、それでもなんとか押しのけて、僕はドゥドゥさんを見た。

「でも、やはり陛下が何かご褒美をくださるって言うんですから、ドゥドゥさんも考えてください。例えばもう少し日当たりの良い場所に部屋を移して貰《もら》うとか」

「不要じゃ。ここを気に入っているし、吾は今の生活に不満はない」

「む……」

かといって、位を更に上の正三品《しょうさんぼん》、婕妤《しょうよ》に上げて貰う……というのも難しそうだ。美《び》人《じん》を含む二十七世婦《せいふ》は定員が各九名、上から婕妤・美人・才人《さいじん》だが、今現在枠が空いているのは、美人より下の才人だけだったはず。

更に上の九嬪《きゅうひん》も、今は一枠も空いていない。

「うーん、上の妃嬪はなかなか枠も空きそうにありませんしね」

そもそも陛下は楊貴妃《ようきひ》様以外の妃嬪に見向きもしない。病気などの理由がなければ、当分妃嬪は増えも減りもしないだろう。

「だから吾は今で十分だと言っておるではないか」

「そうですけれど、お手当も、お食事だって、位が高い方が良いものになるんですよ？」

「良いものが好《よ》いとは限らぬであろう。身の丈にあったものが一番じゃ」

「今のままで十分じゃ」とドゥドゥさんは言ったけれど、彼女も、そして義理の叔母《おば》だという女官の女性も、とてもほっそりとしている。

もう少し栄養を取った方が良いのではないだろうか？　それにこんな毎日だ。食事が与える楽しみは多いと思うのに。

とはいえそれを強要できる訳もなく、僕はすごすごと部屋に戻った。いっそお酒をたくさんだとか、珍しい毒草をお願いする方が、彼女には良いのかもしれない。

まぁ……お酒はともかく、毒草は認めてもらえないだろうけれど。

頭を抱えながら部屋に戻ると、見知らぬ女官が訪ねてきていた。

誰に仕えているかは確認しないでもすぐにわかる——質の良い墨のように黒々としたその服を見れば。

「貴妃様が、明日《あした》お茶をいかがかと」

僕を迎えた桜雪が、お使いの女官の代わりに僕に言った。

「お茶ですか、嬉しいわ。是非お伺いすると伝えて」

……と、気軽に答えたまでは良かったが。

普段だってしっかり着飾っているのに、『楊貴妃様を訪ねる』と聞いて、茴香は目の色を変えた。ここぞとばかりに。

朝からお風呂《ふろ》でしっかり体を磨き、一番新しい衣に袖《そで》を通し、金や翡翠《ひすい》、鼈甲《べっこう》を飾り、一番高い紅をさした僕は、着替えだけで疲れ果て、よろよろと貴妃様の部屋に向かった。行くなんて言うんじゃなかった。

それにすっかり姐さんの真似が板についた僕だけれど、やはり貴妃様に会うのは緊張する。

お供は桜雪と絶牙だ。二人も緊張しているようだった。

そうしてやってきた貴妃様の部屋は、姐さんの部屋よりも広く、明るく、そして美しい。

姐さんの部屋ですら十分美しいのに、ここはなんというか——空気から違う気がする。焚《た》いている香もおそらく姐さんのものより上等で、たくさんの生花が至る所に飾られ、甘い芳香を漂わせていた。

調度品も最高級のものだ。改めてお邪魔すると、ものすごく緊張が高まってしまった。

「嬉しいわ、来てくださって。陛下が棗椰子《なつめやし》をたくさんくださったの。あんまり美味《おい》しいものだから、華妃《かひ》様にも是非召し上がっていただきたくて」

そんな美しい物の中でも、輝きを失うどころか、より一層咲くように微笑んで僕を迎えたのは、他でもない楊貴妃様だった。

「…………」

「……ご迷惑だったかしら？」

「い、いいえ、まさか！」

思わず無言になってしまったのは、その美しさに、ついつい見とれてしまったからだ。

今日の彼女は普段より低めに結った髪に、愛らしく花を挿しているだけの簡素な頭だった。

衣の装飾もごく控えめ、光沢のあるしっとりとした絹地に銀糸で細やかな刺繍《ししゅう》が施されていて、一見華美ではないけれど、それが極めて上等なものだというのはわかったし、その控えめさが彼女の美しさを際立たせている。

この場に茴香がいなくて良かったと思った。僕の今日の衣装も十分美しかったけれど、今日の貴妃様の前では明らかに見劣りしてしまう。

だけど僕はこの美しい人とお茶ができることが嬉しかった。

「とても見事な刺繍なので、つい見とれてしまいましたの。お招き頂けて嬉しゅうございますわ」

「良かった。香りの素晴らしい蓮茶《はすちゃ》もあるの……というのは後付けで、本当はただ華妃様とお茶がしたかったのよ」

悪戯《いたずら》っぽく笑うその口元も愛らしい。そのすべてが僕——正確には姐《ねえ》さんに向けられているのだと思うと、僕はなんだか胸がフワフワしてしまった。

「わかります。毎日雨ばかりで退屈ですものね」

「華妃様は本当にお優しいのね……私が『退屈』なんて言うと、十分恵まれているのに！　って言われてしまうのに」

僕もいそいそと、高力士様からいただいた手土産のお茶菓子を広げると、彼女はふと寂しげに呟《つぶや》いた。

「でも確かに私には陛下がいらっしゃるけれど……陛下しかいらっしゃらないから」

「………」

僕にはそれでも桜雪や絶牙がそばにいて、本当に退屈でしょうがないときは、彼らが相手をしてくれる。

なんだかんだ手を焼く白娘子もいるし、他の女官達だって親切で、声をかければ話し相手にだってなってくれるのだ。

でもこの部屋では、女官も宦官《かんがん》も『個』ではない。たくさんの黒い影のようなものだ。

それを自業自得……と責めてしまう事はできなかった。

『陛下しかいない』というこの言葉を、後宮のどれだけの人が羨《うらや》むだろう。でも裏を返せば、彼女の言うとおり彼女には陛下しかいないのだ。

こんなにも唯一無二の寵《ちょう》を得ていながら、皇后になることを許されぬ女性なのだ。本当に味方だという人は、どれだけいるのだろう。

「……お嫌でなければ、梅麗妃《ばいれいひ》様や、九嬪の方達をお呼びしましょうか？」

その俯《うつむ》いた横顔があんまり寂しそうで、僕はそう問うた。

たとえどんな関係性であれ、『貴妃』と『華妃』から誘われたなら、断れる妃嬪はいないだろう。

あの梅麗妃でもさすがに無視はできないはずだ。

けれど楊貴妃様は、ゆっくりと首を横に振った。

「いいえ。私が嫌でなくとも、彼女たちは嫌でしょうから」

そこまで言うと、貴妃様は一口お茶を飲んで、それに……と続けた。

「私、それでいいと思ってるの。皆私のことが大嫌いで」

「え？」

「私を憎いのは当たり前だわ。それならば下手に情など湧いていない方が良いでしょう。好きな方を憎むのは辛《つら》いわ。大嫌いな人を憎む方が、よっぽど心が軽いでしょう」

「……だから嫌われ者役でよろしいと、そう仰《おっしゃ》るのですか？」

「そちらの方が、私も遠慮無く嫌えるわ。ここは後宮だもの、お互いが大嫌いである方がいいのよ」

貴妃様の優しさの片鱗《へんりん》が見えた気がした。僕が驚くと、彼女はそれを隠すようにそう付け加えた。

「でも……貴女《あなた》は別よ。翠麗《すいれい》様、貴女には好かれていたいと思うわ」

「そんな、光栄にございます」

好意とは透けてしまうものなんだろうか？

僕は初めて会った時から、この美しい人のことを嫌いになれないでいる。

それは勿論《もちろん》、僕が本当は『後宮の妃』ではないからだろう。僕は陛下の寵を欲していないし、そして貴妃様が陛下を独占してくれるから、僕は姐さんの代わりが務められるのだ。

楊貴妃様は僕にとってまったく害がないどころか、感謝するべき相手なのだから、嫌う理由が見つからない――姐さんが、どう思っていたのかは、わからないけれど。

でもなんとなく思う。姐さんも楊貴妃様の事は嫌っていなかったんじゃないだろうか？

だから彼女は僕に最初から、こんなに友好的に接してくれているのだろう。

自分に自信のある姐さんなら、貴妃様に嫉妬《しっと》をしなくてもおかしくはない。

「この翠麗も、ずっと貴妃様のことは慕わしく想っておりました」

だからそう答えると、貴妃様の頬にかすかに朱が差した、嬉《うれ》しそうに。

「その言葉が信じられるのは、この後宮で貴女と陛下だけね……さあ、そんな事よりほら、召し上がって！　すっごく甘いのよ」

照れ隠しのように、陛下にいただいたという棗椰子を僕に勧める貴妃様に、笑顔を返し、では、と遠慮無く一粒いただくと、なるほど確かにびっくりするほど甘く、香りがいい。

元々干した棗椰子は嫌いじゃない。僕は李《すもも》、杏《あんず》、棗のような、木に生《な》る小さな果実が好きなのだ。

なかでもこのねっとりとした果実は、棗のような酸味はなくて、甘くて、少し苦めのお茶にちょうどいい。

僕はその甘さが、そのまま陛下の楊貴妃様への愛情なのだと思った。

ただただ甘い、苦みも、酸味もない、甘いだけのその実が。きっとそんな風に、彼女を愛したいのだ。

でもそんな特別な実を、僕がいただいて良かったのだろうか？　そんな風に思って、二粒目に手を出せないでいると、貴妃様が首を傾げた。

「棗椰子はお嫌い？」

「え？　いいえ……ただ、あまりに美味しくて、本当にわたくしがいただいてよろしいのかと……」

おずおずと問うと、貴妃様は少しだけ眉間《みけん》に皺《しわ》を寄せ、そして目を伏せ——僕の耳元にそっと唇を寄せた。

「……内緒にしてくださる？　私、本当は棗椰子、苦手なの」

「あ……」

だからといって、陛下からいただいたものをいらないとはいえない……か。

「陛下がくださったのだから、勿論笑顔でいただくけれど——せめてこれを、本当に美味しいと思う方にも食べて欲しかったのよ」

「でしたら……遠慮なくいただきます」

陛下が直々にくださった特別な棗椰子だ。女官や宦官達に分け与える訳にはいかず、こっそり処分するのも不遜《ふそん》にあたる。だから彼女は食べるのだ、苦手である物ですら。

でも部屋に遊びに来た華妃と分かち合うならば、陛下も気を悪くはしないだろう。美味《おい》しいものをそうと感じられずに食べる罪悪感からか、それとも少しでも食べる量を減らしたいからか、その両方か……その気持ちは想像に難くない。

純粋に僕とお茶がしたかった訳ではないのは残念だけれど、そういう事なら僕だって喜んで協力する。

甘さで舌が怠《だる》くなりそうなので、急遽《きゅうきょ》桜雪に部屋から辛い貴妃紅《きひこう》を持ってきてもらい、二人で雑談をしながら、ねっとりとろりと甘い棗椰子《なつめやし》と、サクサク辛い貴妃紅を交互に食べるのは最高だった。

それに楊貴妃様は美しいだけでなく、やはり陛下が好まれる女性らしく、博識で話も上手《うま》い。

ついつい話が弾み、ついでにお菓子をつまむ手も弾んだ。お陰で今日はもう、食事の必要がなさそうなくらいだ。

「貴妃様、そろそろお支度を始めなければ時間が……」

だからやがて真っ黒い紗《しゃ》で顔を隠した女官の一人が、そう言って間に入ってきた時、僕は少なからずがっかりしたけれど、確かに今日は随分お邪魔をしてしまった。後ろに控えている絶牙も心なしか退屈で眠そうだし。

実は迷惑だったんじゃないだろうか？　と心配になったけれど、「え？　もう？」と貴妃様も不満そうな声を上げてくれたので、この楽しさが独りよがりではなかった事に安堵《あんど》する。

「もし貴妃様がお嫌でなかったら……またこうやって遊びに来ても宜《よろ》しいですか？」

そう切り出すと、貴妃様もパッとその表情を輝かせてくれた。

「ええ勿論、絶対よ、必ずいらして。次は碁をしましょう？　貴女は碁も強いって伺っているわ」

僕と姐《ねえ》さんの碁の腕は、陛下の碁のお相手をしている叔父《おじ》上譲りだ。

「今日は本当に楽しかった……他の妃嬪《ひひん》達も、何か娯楽があると良いのだけれど」

そうして僕をわざわざ見送ってくれた貴妃様が、廊下の欄干を濡《ぬ》らす雨を見上げながら呟いた。

普段他の妃嬪達の前では、彼女はとても高慢そうな態度を取るけれど——こんな風に不意に見せる表情からは、むしろ逆の印象を受ける。

勿論僕は翠麗に皇后になって貰《もら》いたかった。姐さんはその為に育てられた人だし、それは姐さんの望みでもあったはずだ。

でも……こんな時、やはり彼女こそが、皇后にふさわしい人なんじゃないかって、そう思う。少なくともこんな風に、他の妃嬪にちゃんと心を砕いているのだから。

「確かに長雨は娯楽が減りますが、でも雨に濡れた花も美しいですわ。気鬱《きうつ》なばかりではないと思いますよ」

そう悪いことばかりではないのだから、そんなに心配はいらない……そう僕が言うと彼女ははっとしたように瞬《まばた》きをした。

「花？」

「ええ。雨音も楽器のようですし」

「そうね……そうだわ、花よ。楽器ね！」

「え？」

「沈香亭《じんこうてい》で、雨の中たくさんの花が咲いているそうなの！　そうだわ、そこで宴《うたげ》を開けないか陛下にお伺いしてみるわ。すべての妃嬪は呼べないけれど、せめて九嬪だけでも出席させてあげましょう！」

名案だわ！　と彼女は言った。この広い後宮で、たった数名の妃嬪を宴に招いたところで何が変わるのか……と正直思った。でも実際のところ、退屈を持て余しているのは貴妃様自身なのだろう。

「貴女も来てくださるでしょう？　さっそく陛下におねだりするわ！」

「はい……あ、え……？」

勢いで頷《うなず》いたものの、もしかして、それって僕まで陛下と顔を合わせる事になるんじゃないか？

今のところ、僕の正体は他の妃嬪達や女官にはバレていない。ドゥドゥさん以外には。

でも陛下はどうだ？

とはいえ、このままずっと、顔を合わせない訳にもいかない。

「……ぜ、是非」

僕はにこにこ嬉しそうに笑う貴妃様を前に、覚悟を決めて——けれど弱々しく、なんとか頷いたのだった。

二

沈香亭は陛下が執務を行う興慶宮《こうけいきゅう》の東北側、大きな竜池の畔《ほとり》にある、沈香木で作った宮殿中の一小亭だ。

辺りにはたくさんの芍薬《しゃくやく》や富貴花《ぼたん》が植えられていて、今はまさに晩花が咲き誇っているところだという。

美しい場所だというのは、話に聞いていた。

「わ……」

だけど実際に見ると、想像よりもっともっと綺麗《きれい》だった。

雨に濡れた花たちと、キラキラ揺れる灯籠《とうろう》の灯り。大気は花の香りで満ち、軽やかな音楽が流れている。

その中でも、それぞれけっして見劣りしない美しさを競っているのは、後宮の女性達だった。

さすが陛下にお仕えする四夫人と九嬪、正一品《しょういっぽん》から正二品《にほん》の女性達だ。美しさの次元が違う。

勿論《もちろん》僕も朝から入念に茴香《ういか》達によって飾られた。

普段よりも複雑に髪を結われ、挿した飾りもいつもの倍以上、衣も上等で刺繍《ししゅう》も細かい。

姐さんはこういった場では、翠麗《すいれい》の名にあやかって、翡翠《ひすい》色の衣をまとうことが多いらしい。

今日は緑に青といった、川蝉色の布をひらめかせ、僕を迎えに来た高力士《こうりきし》様に、宴の客の前に連れ出された。

「今日も大変綺麗だ。陛下もお喜びになるだろう」

高力士様は僕を見て、とても満足そうにそう言った。

それは嬉《うれ》しいけれど、でもどうしても心配で、僕は高力士様に耳打ちする。

「……本当に、陛下は気がつかれないでしょうか？」

「案ずるな。ご挨拶《あいさつ》には私も一緒に行こう。それに、そなた……見違えるようだ。一瞬本当に翠麗が現れたのかと思った」

それは僕も思った——鏡の向こうに、翠麗姐さんがいるって。

だけどそれで安心できるほど、身代わりを務めるのは容易《たやす》くないだろう。

でもそんな不安を押してでも僕が今日、この場に出ることを拒まなかったのは、客人の中に安禄山氏《あんろくざん》もいると聞いたからだ。

安禄山氏がいるなら、その近侍である宦官《かんがん》の李猪児《りちょじ》もいるだろう。

どういう状況なのかまではわからないけれど、姐さんは李猪児の下にいるか――少なくとも彼と繫《つな》がっているのは間違いないと思う。

姐さんが本当に無事か、少しでも彼女のことを知りたかった。

そんなキョロキョロする僕を見て、高力士様が「どうした?」と問うた。

「あ……あの、宦官の李猪児殿は今日、いらしておいででしょうか?」

「李猪児?」

「はい。元は楊《よう》貴妃様の宦官で、今は安禄山殿に下賜された方だとか」

「確か契丹《きったん》の出身の宦官だったか。宦官になってすぐの頃は随分反抗的だったが、賢《さか》しい男でね、また美しい顔をしているので、すぐに出世していった――だがその宦官がどうしたというのだ?」

「あ、い、いえ……」

ずっと悩んでいたけれど、僕は姐さんの事を、高力士様に話していなかった。

話すべきかとも思ったけれど――でもそうなら、姐さんは僕だけに連絡をしてこないだろう。あんなに秘密裏に。

だとすれば、姐さんの事は、僕と姐さんだけの秘密にしておかなければいけないのだ。

罪悪感はある――けれど、たとえ叔父上であっても、この事は話すわけにはいかないと思った。

高力士様を信用しないわけではないけれど、姐さんには姐さんの考えがあるはずだから。

「た……ただ貴妃様の話では、彼は大変お話が上手《うま》いと伺ったんです。その……節度使である安禄山殿との暮らし、外の世界の話を、色々面白おかしく聞かせてくれると」

だから誤魔化してそう言うと、彼は「ふむ」と唸《うな》って自分の顎《あご》を撫《な》でた。

「確かに語りが上手い者だ――が、表には出てこないだろう。原因はまさにその『貴妃』様だ。李猪児は美しい。あれが顔を見せることを、彼女は望まぬ」

「そうでしたか……」

さすがに宴の席ではあの黒い衣装は纏《まと》えない。けれど楊貴妃様は美しい者をとにかく陛下の目に触れさせたくないのだ、と高力士様は溜息《ためいき》を洩《も》らした。

「……だが、そうだな。外の話か。陛下が実直な張九齢《ちょうきゅうれい》様を解任し、李林甫《りりんぽ》殿の口車に乗って、彼が勧めるまま節度使を異民族に任せるようになって、より『外』が近くなった。そなたが後学のため、話を聞きたいというのもわかる。今度一席設けよう」

節度使とは、この広い唐国を守る、辺境守備隊の司令官達の事だ。

かつては唐出身の将軍達がその任を担っていたけれど、今は主に属国の異民族の勇猛な戦士にそれを任せるようになった。安禄山氏もその一人だ。

「ええ是非……その、契丹の話もお聞きしたいです。確か馬と共に草原で暮らしているとか──」

そんな話をしていると、一人の宦官が慌てて僕らの下にやってきた。

「高力士様。陛下がお捜しに……」

それはいけない、と高力士様がきびすを返す。

宴とはいえ、近侍を連れていない華妃の僕が一人で歩くことは許されず、やむを得ず僕もそれに同行した。

酷《ひど》く緊張した。覚悟はずっとしていたけれど、いよいよ僕は陛下にお会いすることになるのだ。

陛下達のいる場所はすぐにわかった。人も多く、そして軽やかな楊貴妃様の笑い声が響いていたからだ。

そんな人混みをかき分けるように、陛下の下へと赴いた。「旦那《だんな》様、お呼びでありましたか」

僕は少しでも顔を見られたくなくて、女人拝で高力士様の後に続く。

「おお、華妃か。体はどうだ？」

けれど陛下は、高力士様の質問に答えるより先に、そう僕に声をかけてくださった。

「ず……随分よくなりました。この身に余るほどのお心遣い、ありがとうございました」

「よいよい、改まるな。頭《こうべ》を上げて見せよ、華妃」

隣で高力士様が緊張するように、こくり、と小さく喉《のど》を鳴らしたのがわかった。

化粧や変装は完璧《かんぺき》のはずだ。僕はどこからどう見ても、華妃・高翠麗に違いない。大丈夫だ――その為に、温泉宮であんなに修業をしたじゃないか……！

そう自分を、そして桜雪《おうせつ》と茴香を強く信じて、僕は顔を上げた。姐《あね》らしく、微笑みをたたえて。

「少し痩《や》せたか？　華妃は元々眉月《びげつ》のように美しいが、その分容易く手折れそうで危うい。将軍、華妃にもっと滋養のあるものを摂《と》らせるようにせよ」

前半は僕に、そして後半は高力士様にそう言うと、陛下はまじまじと僕を見る。

「すぐに手配いたします」と高力士様が拝した。

僕も恐る恐る陛下を拝顔した――今まで何度か、離れたところからなら、そのご尊顔を拝見したことはあるけれど、こんなに近くは初めてだ。

陛下は遠くから見るよりも、幾分小さく感じた。身の丈の高い叔父《おじ》上や、僕よりも背が高く、豊満で、存在感のある楊貴妃様を横に侍《はべ》らせているからかもしれない。

その顔は勇猛果敢というよりは、学者のようだった。もしくは詩人、芸術家か。眼光に鋭さはあるものの、武人というよりは文人のようなたたずまいだ。

姐《ねえ》さんは粗暴な男性が嫌いだ。兄さん達のような。だから陛下がそういう人ではなくて良かったと思った。

「それにしても華妃、このところのそなたの働きには目を見張るものがある。余も感謝しておるのだ。貴妃より、今宵の宴もそなたの案だったと聞いているぞ？」

まさかそんな風に貴妃様が陛下にお伝えしていたとは。はっとして彼女を見ると、当の貴妃様はにっこりと笑ってみせた。

「そんな！　わたくしはただ雨の中の花も美しいですね、と貴妃様にお話ししただけですわ。ここで宴をとお考えになったのは貴妃様でございます！」

「でも華妃様がそう仰《おっしゃ》ってくださらなかったら、ここの花たちは、こうやって愛《め》でられることなく散ってしまっていたはずですわ」

慌てて否定する僕に、貴妃様が言う。そんな僕らを見て陛下が嬉しそうに声を上げて笑った。

「ではそなた達二人の手柄という事だな。後宮の女達はすぐにいがみ合うというのに、互いに敬うとは……そなた達は妃《きさき》の鑑《かがみ》だ」

「それは陛下の慈愛が、常に私達を包んでくださっているからですわ」

そう貴妃様が言ったので、陛下はますます上機嫌で酒を一杯呷《あお》った。

ああ――そうか。僕のためではなく陛下のために僕を立てたのか。陛下の嬉しそうな姿を見て、僕は改めて楊貴妃という人を底が知れないと思った。

「では華妃、存分に楽しむと良い――将軍。華妃はそなたの姪《めい》でもあるのだ、積もる話もあろう。今宵は華妃をそなたに預けよう」

「ありがたいお言葉にて」

　高力士様が恭しく頭を下げる。

「だがその前に、そなたに李白《りはく》の下に行って貰《もら》いたい」

　それを聞いて、高力士様は途端に額を抱えた。

「李白、ですか？　あの者がまた何か……？」

「いいやそうではない。だが今宵、貴妃の為に詩を捧《ささ》げよと言っておるのだが……あの男、酒だけ喰《く》らっていっこうに詩を詠まぬ」

「すぐに捜して、貴妃様への詩を詠ませます」

　慌てて高力士様がきびすを返したので、僕は陛下と貴妃様にもう一度礼をし、叔父上の後を追った。

「はぁ……まったく、あの男と来たら……」

　忌々しげに高力士様が呟《つぶや》いた。

「李白様がいらしているんですか？」

「そなたも李白を知っているか」

「はい……同僚の仲満《ちゅうまん》の友人なのですが、素晴らしい詩を書かれる方です」

　かつて放浪の旅をしながら詩を詠み、今は長安《ちょうあん》で翰林供奉《かんりんぐぶ》の任に就いているという李白殿は、その友人でもある杜甫《とほ》氏と並んで、素晴らしい詩を書かれる詩人だ。

　仲満経由で読んでいるけれど、自然や坊間の生活を描いたその詩は美しく、そしてどこか寂しく、胸に染みこんでくる。

「確かに、詩は素晴らしいのだがな……」

「詩は？」

「あやつの才能と、その性格を面白がって、陛下は『翰林供奉』などという、たいそうな役目を与えたが……あの男、一向に働かぬ」

はあ、と高力士様が大きな溜息を洩らした。その理由は、李白殿本人を見て、すぐに理解した。


「……おい、李白。起きよ……李白！」

竜池のほとり、岩に寄りかかって酔っ払っている男が一人いた。

「李白！　おい！」

必死に高力士様が揺り起こそうとする男は、幸い今は止んでいるものの、毎日の雨でぬかるんだ地面を気にもせず、酒瓶を抱えて居眠りをしていた――この人が、李白？

あの詩人の？

男は高力士様の呼びかけにも、『んがあああああ』といびきを返す始末だ。

「んがあ、ではない！　こら！」

さすがにしびれを切らした高力士様が、その泥のついた額をペチン、とたたいた。

「ぁあああああ？」

やっと、男が――信じがたいが、あの『李白』殿が――目をあける。

「起きよ。タダ酒を飲ませるつもりで、陛下はお前に翰林供奉の任を与えたわけではないのだぞ」

呆《あき》れたように高力士様が言った。が、李白殿はそんな僕らに背を向け、ごろりと寝返りを打った。

「なんだ、高力士か……隣の美女は誰だ？　嫁か？」

眠そうに李白殿が言った。

「姪だ。そして華妃様であらせられる。敬われよ」

「ほお……そうかそうか、貴妃に皇后の座を奪われた妃か」

「…………」

思わず高力士様が黙ってしまった。僕も隣で呆然《ぼうぜん》とするばかりだ。

でもやがて、再び「ずごごご……」と地の底から響くようないびきが聞こえてきて、高力士様は「ああ、もう」と天を仰いだ。

「李白。寝るな！」

再び、今度はその肩を叩《たた》く。

「おおう、いったいなんだ、まったく……」

「なんだ、ではない！　陛下に命じられているであろう。貴妃様に捧げる詩を書くのだ。そなたの仕事はそれではないか！　いいか？　逆を言えば、詩さえ作ればお前は浴びるほど酒を飲んで構わないのだ」

「作ろうと思って作れれば苦労はしない。降りてこないものは書けんよ」

必死に李白殿を起こし、なんとか詩を書かせようとした高力士様だったが、李白殿は背を向けたままけだるそうに言う。

「李白！」

「あの……叔父様」

見かねて僕は、高力士様の腕にそっと触れた。

「李白様の詩は、美しく雄大な自然や、坊間の民の日々の暮らしを詠んだものばかりです。貴妃様を称《たた》える詩、というものが、そもそも李白様向きではないのでは？」

そう高力士様に訴えると、当の李白殿自身が「ほう」と声を上げた。

「華妃は俺の詩をご存じか」

「はい。『静夜思』がとくに好きです」

そう答えて、僕は彼の詩の中で、最も好きな詩をそらんじた。

牀前看月光
疑是地上霜
擧頭望山月
低頭思故郷

寝台の前に月の光が差し込んできた。まるで霜が大地を覆っているように見える
頭《こうべ》を上げて山にかかった月を眺めていると、気が付くと頭が下がっていて、故郷のことを思っていた

「わたくしも後宮で、寂しく月を見上げているうちに故郷を思っていて――ああ、李白様もこのような気持ちだったのだなと」

霜で覆われたように、月明かりに青く輝く大地の美しさと、そして心の静かな移り変わりを描いた詩の見事さ。

なにより心に寄り添うようなこの詩を、好きにならずにいられようか。

「……お前の仕込みか？　高力士？」

うっとりと僕が彼の詩を読むと、李白殿はがばっと起き上がって、叔父《おじ》上に問うた。

「そうではない。華妃様は本当にそなたの詩が好きなのだ。倭国《わこく》から来た朝《ちょう》仲満……華妃様の弟も同じく儀《ぎ》王友《おうゆう》でな。弟伝いに華妃様はそなたの詩を読んでいるのだ」

それを聞いて、李白殿は「ああ」と納得したように頷《うなず》いた。

「なるほど。仲満のやつ、そういえば皇帝の妃に惚《ほ》れていると言っていたな。身の程知らずと笑っていたものだが」

彼はそこまで言うと、僕をまっすぐに見上げた。

泥で汚れた汚い姿だったけれど、その透き通った瞳《ひとみ》は秋の木々の色だった。

「………」

しばらく沈黙が流れた。

「あ……あの？」

「よし、気が変わったぞ。おい高力士、俺の靴を脱がせろ」

「なんだと？」

「そしてすぐに筆を持ってこい。詩を書いても良いぞ」

「ほ、本当か⁉」

高力士様は汚れた李白殿の靴を脱がしながら、急いで近くにいた宦官《かんがん》に、墨と筆を用意するように言った。

「ああ──だが貴妃に贈る詩など思い浮かばない。その代わりに華妃を詩にする事はできる」

「え？　わたくしですか？」

驚く僕を見て、李白殿は、にっと笑った。お酒の匂いがする笑いだ。

「華妃は知っているはずだ。俺は美しいものしか詩にしない。楊貴妃は俺の美的感覚には合わないが──貴女《あなた》は美しい。これぱかりは仲満が正しい」

そこまで言うと、彼は用意された筆を持ち、素足で泥の上に立った。

「あ……でも、なぜ靴を？」

「なぜ？　そりゃ……靴があると繋《つな》がりにくい」

「繋がる？」

「ああ、本当は裸が良いんだが、ここで脱いではつまみ出されるからな」

「は……裸で詩を詠むんですか⁉」

それが一番いい。俺は自由だし、すべてを肌で感じ取れる」

「それが何か？　という風に李白殿が言った。

「それは……今が宴《うたげ》の席で良かった」と、高力士様がボヤくように呟《つぶや》いた。本当に全くその通りだ。

「ふむ」

そんな僕たちの動揺なんて気にもしないで、李白殿は僕を、そして美しい花たちを見た。

その真剣で——そしてどこか昂揚《こうよう》したような顔には、さっきまでの泥酔した男の姿は欠片《かけら》もない。

「そこで回ってみてくれ」

不意に李白殿が僕に言った。

「回る？」

「ああそうだ。舞わなくてもいい。ただそこで、花の横でくるりと回ってくれ。風のように」

どうしたものかと高力士様を見ると、彼が頷いたので、僕は言われるままくるりと回った。李白殿が何も言ってくれなかったので、仕方なくそのままくるくると三回転した。

「……これでよろしいですか？」

「ああ佳《い》い……仙女だな」

雲想衣裳花想容
春風拂檻露華濃
若非羣玉山頭見
會向瑤臺月下逢

雲を見れば貴女の美しい衣装を想い、花を見ればその美しい相貌《かんばせ》が思い浮かぶ
春の風は沈香亭の欄干を吹き抜け　花の上の露は艶《つや》やかに輝く
この神仙のように麗しい人には、群玉山《ぐんぎょくさん》の山頂か、瑶台《ようだい》の月明かりの下でしか逢《あ》えないだろう
（※群玉山、瑶台は共に仙女の住まう場所）

仲満は、彼のことを『まさしく詩仙だ』と言っていた。

この奇妙な詩人を目の当たりにして、最初は随分失望した僕だったけれど――彼が滔々《とうとう》と詩を詠むのを見て、背筋が粟立《あわだ》つのを覚えた。

ああ——この人は本当に天才なのだ。

「貴女は神仙のようだ、華妃。花のように美しく、まるで人のようではない。男を酔わせるのに、媚《こ》びるような色香がない。その魂はまるで少年のように潑剌《はつらつ》と自由な色をしている」

「え……？」

落ち葉色の瞳が、僕を見透かすように言ったので、僕は手が震えた。

高力士様もその目を見開いていた。

「女でも、男でもない。花のように白く、強く、艶《なま》めかしい。なのにうかつに触れなどすれば、すぐに散って消えてしまうだろう。不可触の花だ。まるで玉蘭《ぎょくらん》のように」

「…………」

けれど呆然《ぼうぜん》とする僕らを前に、李白殿は唐突に糸が切れたように、「ふぁあああ」と大きなあくびをした。

「——どうだ？　高力士。詩は書いたぞ」

「……と、とても、佳い詩だ」

「俺が書いたんだから当たり前だ。後はお前の好きにすればいい。ただ我が内から溢《あふ》れた言葉だ。屁《へ》と変わらん」

そこまで言うと、彼はブッと放屁《ほうひ》して、転がっている酒瓶を拾い上げる。

「もう空か——高力士、褒美に蔵から高い酒を貰《もら》っていくぞ？　文句はないだろう？」

いく。

「あ、ああ……」

高力士様が言い終わるよりも先に、彼はどろどろの服、裸足《はだし》のままで人混みに消えていく。

「………」

僕らは二人、しばらく言葉も発せずに、ただ顔を見合わせたのだった。

三

李白《りはく》殿のその神がかった天才ぶりに、すっかり気圧《けお》された僕らだったけれど、陛下が彼の詩を待っているのだ。

「……仕方がない。そなたへの詩だが……このまま貴妃に贈らせていただこう」

そう諦《あきら》めたように高力士《こうりきし》様が言った。

「わたくしは構いませんが……それでは楊《よう》貴妃様にも、そして李白様にも申し訳ないような気がします」

「だがこれ以上、今宵《こよい》あやつに詩を望むのは無理だろう。陛下のお望みである以上、このまま詩を持って行かない訳にもいかぬ」

それは高力士様の沽券《こけん》に関わるだけでなく、李白殿も陛下のお怒りを買うだろう。

仕方ない。彼の言うとおり詩はできたのだから、これを陛下に捧《ささ》げるしかないか……。

「それでもあの李白に詩を書かせたのだ。そなたには感謝している。小翠麗《しょうすいれい》」

「……少し、怖くなりましたけれど」

僕の返事に、高力士様は苦笑いを返した。

彼は僕を神仙のようだと言ったけれど、むしろ彼の方が人間離れしていた気がする。


そうこうしている内に、僕らは陛下のところに戻った。

「李白は？　詩は書いたか⁉」

陛下が椅子から身を乗り出して問う。高力士様は恭しく、先ほど李白殿が書いた詩を手渡した。

陛下はそれを一瞥《いちべつ》し、満足げに頷《うなず》いて、貴妃様に手渡した。

「まあ！」

と嬉《うれ》しそうに頬を染めた貴妃様は笑みを浮かべると、なぜだか僕を見た。

「この雲は、きっと夕日に染まっているのでしょうね。私は茜色《あかねいろ》ですもの」

「え？」

妙に熱っぽい瞳に同意を求められ、思わず僕は言葉に詰まった。

なぜなら貴妃様が見つめる僕は今日、白と川蝉色の衣をまとっているからだ。向かい合う貴妃様は、赤と金――ああ、やはりこの方は気がついてしまうのか。

瞞《だま》したい訳じゃなかった。でも、猛烈な罪悪感がこみ上げてきて、僕はやはり本当のことを話すべきか悩んだ。せめて陛下が席を離れているときに、本当の事を話して、彼女にお詫《わ》びするべきじゃないかと。

「貴妃、謡ってみよ」

けれどそんな事を知らない陛下は、さっきよりも更に上機嫌で貴妃様に言った。

その時だった。

「あ……」

陛下にお応《こた》えしようと、立ち上がった貴妃様の足が、急にぐらりと力なく震えた。

僕はとっさに、その体に手を伸ばし、抱き留めるように支える。

「貴妃様!?」

その体は熱く、息は荒く、衣の上からでも彼女の心の臓が、けたたましいほどに早鐘を打っているのがわかった。

「貴妃、どうしたのだ!?」

すぐに陛下が、僕から貴妃様を奪い取るように抱きかかえる。

「ごめんなさい……陛下、私、すこし気分が——」

弱々しく言ったかと思うと、彼女は胸を苦しそうに押さえ、体を震えさせている。

酷《ひど》く気分が悪そうだ。

しかも、どうやらそれは貴妃様だけじゃなかったようだ。

「高力士様……!」

そこに焦った顔の宦官《かんがん》が一人やってきたかと思うと、そっと高力士様に何か耳打ちする。それを聞く高力士様の顔が、みるみる青くなった。

「どうした将軍」

すぐに太医を呼ぶように、他の宦官に指示を出した陛下が、高力士様に問うた。

「それが……奥で宴《うたげ》を楽しんでいるはずの九嬪様と梅《ばい》麗妃様が……」

「梅麗妃達がなんだというのだ⁉」

「…………」

怒気を宿した陛下を前に、高力士様が一瞬答えを飲み込む。

けれど、そのまま黙っていることもできないのだろう。高力士様が苦々しい溜息《ためいき》と共に口を開いた。

「……貴妃様のように倒れられたり、苦しいと訴えているようです」

「そんな……」

僕は思わず息をのんだ。だってこれは……。

「まさか、毒でしょうか……？」

でもこの後宮で⁉　ドゥドゥさんのいる、この後宮で毒だなんて――。

信じたくなかったけれど、九嬪達の状況は、貴妃様よりもよくないようだった。

ある者は意識なく横たわり、ある者は嘔吐《おうと》し、ある者は錯乱してしまったように、うつろに笑い続けているという。

けれど勿論《もちろん》毒ではなく、病の可能性もある。高力士様は妃嬪達の所に向かい、僕と陛下は貴妃様の下に残った。

真っ赤な顔で、苦しげに喘鳴《ぜんめい》している貴妃様の頰を、濡《ぬ》らした布で拭《ぬぐ》いながら太医が駆けつけるのを待っていると、陛下が不意に僕を見た。

「華妃……そなただけは無事なのか？　なぜだ」

「え？」

言われてみたら、そうだ、僕だけは平気だ。

毒だとしたら、犯人は僕だけを除外したのか？　なぜ？　それとも、この後には僕もこんな風に倒れてしまうのか？

ぞわりと不安が襲ってきて、僕は自分の胸元を押さえた。

でも今のところ、具合の悪さはまったくない。なぜだろう？　どうして僕だけ平気なんだ？

陛下はそんな悩む僕を不審そうに見ながら、貴妃様を抱き起こす。と、その反動で酒瓶が一本転がり落ちた。

すでに空になったそれが僕のつま先に当たって――そこではっとした。

「あ……もしかしたら、お酒では？」

「……なんだと？」

「妃嬪達のお酒か杯に、毒が仕込まれていたのではないでしょうか」

「酒にか？　なぜそう思う？」

「わたくし、体を壊してから、お酒を頂かないようにしているのです。ですから今日も一滴も口にしておりません」

　実際は、万が一酔って我を失ったら困るし、そもそも飲み慣れていないから怖い。そういうお酒や五石散《ごせきさん》のような、自分を変えてしまうものはなんだか恐ろしい。

「なるほど……それは確かに、酒、というのはあり得るか」

　それを聞いて、陛下はすぐに妃嬪達のお酒を下げさせ、用意したお酒に問題は無いか、すぐさま調べるように近侍達に言った。

　その間も貴妃様は真っ赤な顔で、酷く具合が悪そうだった。

　そこにバタバタと、太医が駆けつけ、すぐに貴妃様の手を取って診た。

　彼はうーんと唸《うな》るばかりだ。そして他の妃嬪達も診に行くと言った後、ややあって戻ってきた彼は、やはり釈然としない表情のままだった。

「どうだ？　太医」

「なんというか……皆様泥酔しておいでのような……」

「泥酔だと？　そんな馬鹿な。貴妃はそこまで飲んではおらぬ」

　陛下が怒ったように顔をしかめた。

「恐れながら申し上げますが、貴妃様のようにお辛《つら》そうな方もおりますが、上機嫌な方もおりました。これはやはり、酔われているのではと……」

太医の話では、もしかしたら妃嬪達のお酒が、悪酔いしやすい粗悪な安酒とすり替えられたのでは？　という話だった。

安い酒は混ぜ物がしてあったり、古かったりして、こんな風に具合が悪くなることがあるというのだ。

「だが、貴妃はほとんど余と同じものを飲んでいたはずだ」と陛下は改めて唸った。

確かに陛下の飲まなかった一杯に、毒が仕込まれていたというならばわかるが、一杯二杯の安酒で、貴妃様がこんな風にお倒れになるだろうか？

けれど太医は、やはり妃嬪達は『ただ酔っ払っているだけ』という診断らしく、とくに処置もないという。

「せいぜい桂皮《けいひ》等で、体の中の水を整えるくらいですな。ですがまぁ、後は寝て、酔いが覚めるのを自然に待つしかないでしょう」

太医はのんきにそう言って戻ってしまった。宴の席で飲み過ぎた妃を、そう重病として扱う必要は無いと、そういう事らしい。

確かに真っ赤な顔で横たわる貴妃様は、気がつけば寝息を立てていて、泥酔していると言われれば、その通りのように見えるのだが。

「…………」

けれど、やはり陛下は納得のいかない顔だった。

「……華妃、そなたはどう思う？」

そんな陛下を見つめる僕の視線に気がつき、陛下が問うた。

「そうですね……普段から、一緒にお酒を召し上がっている陛下がおかしいと思われるのでしたら、太医がなんと言おうとただ酔われたわけではないと思われます」

「ふむ。だが貴妃はほとんど余と同じものを飲んでいたのだ。当然毒見も済ませておる。酒に毒が盛られていたのであれば、何故余が無事なのか」

いっそ自分が倒れた方が良かったと、陛下は呟《つぶや》いた。

「貴妃様は、陛下が御無事であることを、何より喜ばれると思います。それに、同じお酒を召し上がっているのであれば、杯の方に毒が含まれていたのかもしれないです――ここはやはり毒妃《どくひ》をお呼びして、調べて頂いた方が宜《よろ》しいかと存じます」

僕の提案に、陛下は深く頷《うなず》いた。その時だった。

バタバタとやってきた数人の宦官と衛兵が、陛下に頭《こうべ》を深く垂れた後、酒蔵に侵入者があった事を報告した。

「その者が貴妃や妃嬪達の酒に毒を盛ったと申すのか⁉」

陛下が目にごうごうと怒りの炎を宿し立ち上がったので、宦官達は皆慌てて更に床に額を押しつけ、警備の甘さや、それを阻止できなかったことを謝罪した。

「もし貴妃の身に何かあったら、そなた達もみな無事でいられると思うな！　そしてその狼藉《ろうぜき》者は捕らえたのか⁉　いったいなんと申す者だ！」

「は……それが……」

宦官達は一度顔を見合わせた後、ひれ伏したまま答えた。

「侵入者は陛下の翰林供奉《かんりんぐぶ》……李白様でございます」

四

陛下と高力士《こうりきし》様が駆けつけた時、酒蔵の侵入者――李白《りはく》殿は、逃げも隠れもしなかった。

なぜなら大騒ぎになっているにも拘《かかわ》らず、当の本人は酔っ払ってぐうすかいびきをかいていたからだ。

泥だらけの恰好《かっこう》で、李白殿は酒蔵の、上質なお酒が入った瓶を抱えるようにして眠っていた。泥がついた酒瓶はそれだけでなく、妃嬪達に提供される物も含まれていたから、更に話は大きくなっていった。

番人の話では、彼は詩を書いた褒美に、陛下と高力士様に許可を頂いて、お酒を選びに来たと言ったらしい。

それは間違いではないけれど、こんな事になってしまうとは……と高力士様は頭を抱えた。

けれど何を聞いてもろくな返事をしないため、彼はそのまま牢《ろう》に捕らえられてしまった。

酔いが覚め次第話を聞いて処罰が下されるというが、陛下はカンカンに怒っていた。厳罰が下される可能性もあるだろう。

とはいえ、李白殿が妃嬪《ひひん》達に毒を盛ったり、粗悪なお酒にすり替える必要が、果たしてあったのか？　それに、そもそもいつそれを行ったのか？　という疑問はある。

少なくとも、つい先ほどまで、彼は竜池のほとりで酔っ払って寝ていたのだから。

けれどその前にどこで酔っ払っていたのかははっきりしないので、彼の無実は証明できなかった。

毒は弱い者が、強い者を害する為に使われるという。

李白殿はなんというか……その『強い』『弱い』が常人とは違いそうだ。少なくとも権力にひれ伏す人とは思えない。

だけど本人に問いただそうにも、まだ当分酔いは覚めなそうだ。

李白殿を取り巻く状況は、思っていたより何倍も悪かった。

とにかく陛下の怒りが深いのだ。このままでは、彼が我に返る前に、その首を落とされてしまうかもしれない——幸か不幸か、本人は全く気がついていなかったけれど。

陛下のお怒りを解くには、李白殿の無実を証明しなければならない。

そのためには、まず妃嬪達がどんな毒を盛られたのか、調べる必要があるだろう。

高力士様が陛下をなだめている内に、僕は急いでドゥドゥさんの所に向かった。

彼女は話を聞くなり、大笑いした。

「わ……笑い事じゃないんですってば」

「そうかの？　でも滑稽《こっけい》ではないか？　毒を盛った方も、盛られた方も酔っ払いじゃ、ふ、わははははは！」

確かにその通り……と言えなくもない。

現に妃嬪達は刻《とき》を増すごとに酔いが深まったように、笑ったり、踊ったり……とにかく大変な有様で、高力士様や宦官《かんがん》達を、とても困らせていたのだから。

でもそんな風に彼女が楽しそうに哄《わら》うのを見て、僕は思わずしかめっ面になってしまった。

「つまり……お酒はそもそも毒なのですか？」

おずおずと問う。はなからお酒に良い印象はない。兄たちを見る限りでは。とはいえ多くの者が愛《め》づる嗜《し》好《こう》品でもある。

「そうじゃな。毒というものにはいくつか種類がある。たとえばその効き目じゃ。大きく三つある」

「三つ……ですか」

三つも、なのか、三つしか、なのか。自分でもそこに湧いた感情がわからなかった。

「まずは一つ。血の道に作用し、それを上手《うま》く流れなくすることで人間を殺《あや》めるもの——

——これは毒蛇などに多い毒じゃ」

そう言って、彼女は僕の前にかごを置いた。おそるおそる中をのぞくと、カラカラに干からびた蛇が何匹も収められている。

「ひっ」

「他にはその者の内側、心の臓やはらわた等を破壊したり動かなくしたりするもの——これはヒ素などがそれに当たる」

言いながら彼女は戸棚から、こぶし大の包みを取り出した。それをそっと開くと鈍色《にびいろ》の鉱石が顔を出した——これが、ヒ素なのだろうか。

彼女は僕にそれを見せた後、大事そうにしまった。でもこんな風に僕に見せて良いのか？　と聞くと彼女は笑った。

「そなたは吾《われ》が知る一番毒のないものじゃ。だが、もしその内に毒が芽生えたとしても心配はいらぬよ。この戸棚は特別な仕掛けがしてあってのう。正しい方法で開けなければ、中から仕込んだ毒針が突き出す仕掛けになっておる」

「ひぇ……」

勿論《もちろん》、開けたりなんかしません、ええ。

「そして三つ目の毒じゃ。それは気の道を妨げる毒。それによって体が麻痺《まひ》したり、思うように動かなくなったりする。手足がしびれる程度であればまだ良いが、息が吸えなくなったり、心の臓が弱くなれば一大事——そして酒も、その部類じゃな」

「お酒が……」

そして人の体には、自然と体に入ってきた毒を、無毒にしようとする作用があるという。それらのお陰で、毒の効き目には個人差があったり、少量では害をなさなかったりするのだ。

「酒も少量ならば、逆に体に良いと言う者もいるし、陽気になっているうちは吾も佳《よ》いと思うよ。そもそも量を間違えば毒になる物は、世の中にごまんと溢《あふ》れておるがゆえ」

けれどたくさん飲みすぎると、体の解毒作用が間に合わなくなって、お酒の毒がその力を振るいはじめるのだ。

飲んで頭痛や吐き気を覚えるのは、それが原因という事だった。

「だが、酒はそもそも、人によって害になる量が違いすぎる。わずか数口飲んで倒れる者もいるのじゃよ。口の中まで腫《は》れ上がり、息ができなくなる者もおる。酒に強い者でも、大量に飲めば倒れ、そのまま逝く事もある――酒は紛《まが》う方なき毒じゃよ」

「その詩仙のように、酒の失態で首を刎《は》ねられる者もいるしの」と付け加え、ドゥドゥさんはまた声を上げて笑った。

「じゃあ……やはり妃嬪達はただお酒に酔っているだけ、という事ですか？　何か毒が盛られた訳ではないと？」

「さてのう。それはどうか、実際見てみなければわからぬな。毒の中には、酒に酔ったような症状が出るものも無いわけではないのじゃ。例えば巻貝――あれは一部に弱い毒があってのう、たくさん食べるとまさに酔うたようになる」

「巻貝……ですか」

「まあなんにせよ、まずは残された酒を飲んでみる必要があるだろう。ふふふ」

そう嬉《うれ》しそうにドゥドゥさんは言った。

なんだ。結局貴女も、お酒が飲みたいんじゃないか！


とはいえ、実際に彼女たちを診ないで、正確なことが言えないのも確かだろう。毒を飲めば、その毒を当てられるというのも。正直気は進まないけれど。

僕らは沈香亭の奥、妃嬪達が宴《うたげ》を楽しんでいた一室に出向いた。

宴とはいえ妃嬪は陛下の後宮の女性なのだ。みだりに他の客人と交流する訳にもいかない。僕のように高力士様と一緒だったり、貴妃様のように直接陛下に侍《はべ》る場合を除いて。

「本当じゃな。そろいもそろって酔っ払いじゃ！」

彼女たちを見るなり、ドゥドゥさんはまた楽しそうに笑う。

そんな彼女を、宦官や、お世話に呼ばれた女官達が、ある者は泣きそうな、ある者は酷《ひど》く辟易《へきえき》した表情で見た。もしかしたら、ちょっと怒っているのかもしれない。

でも彼らが怒ってしまうのも仕方がないくらい、妃嬪達の宴の席は混乱を極めていた。

酒瓶や料理が滅茶苦茶《めちゃくちゃ》に床に転がっているだけでなく、平常時のツンと澄ました姿が想像できない程、彼女たちは笑い、はしゃぎ、怒り、泣いている。

見てはいけないほど服が乱れ、胸元がほとんど顕《あら》わになっている人もいれば、肩や足が剝《む》き出しの半裸に近い女性まで。

僕は見ていられなくて、ドゥドゥさんの後ろで下を向いた。

「それにしても本当に酷い有様じゃな。異常なほどに——いつからだ？」

「正確にはわかりませんが、確か……貴妃様がお倒れになったのは、宴が始まって一刻（※約二時間）も経たない頃でした」

「酔いが回りはじめるのは小半刻《こはんとき》（※約三十分）から一刻。酒に強い貴妃が倒れる程に酔うには早い気がするが、宴の前から飲んでいたのか？」

「それは……どうでしょう。ただ支度で忙しいので、その暇はなかったのではないかと思いますが……」

陛下がお誘いくださった宴の席。

それに参列するという事は、普段なんにもする事がなく、のんびり暮らす妃嬪達にとっては大騒ぎだ。

勿論横に侍られるのは楊《よう》貴妃様だろう。でも、四夫人と九嬪ともなれば、みな一度は陛下から皇露を賜った女性達だ。陛下の覚えはめでたい。

貴妃様が何か粗相をしてお怒りを買うことだってあり得るし、『もしかしたら……』の可能性がないわけではないのだ。

だから女性達はみな、ここぞとばかりに自分を磨きに磨いたはずだ。髪も肌も、玉のようにツヤッツヤに。

そんな大事な日の朝や昼に、お酒を飲んだりするだろうか？

「ふむ」

「それが何か？」

「確かに酔っているようだが、それにしても、皆見事にできあがっていると思っての」

短時間で皆あまりにも酔いが回りすぎている……と、ドゥドゥさんが首を傾げた。

「それは余も思うておった」

不意に僕らの後ろから声がかかり、僕は慌てて姿勢を正した。

「へ、陛下!?」

さすがのドゥドゥさんも、驚いたように夕暮れ色の瞳《ひとみ》を見開いた。

そこには陛下と、高力士様が立っていたのだった。

五

貴妃様はすでに自分の部屋に戻り、女官達に手厚く看護されながら、今は眠りについているという。

心配ではあったけれど、今回のことをこのままにしておくわけにはいかないと、陛下はわざわざ戻っていらしたらしい。

「貴妃はけっして酒に弱い女性ではないのだ。その飲みっぷりの良さも好ましくての。そして今宵《こよい》は少なくとも、貴妃がこんな風に倒れる量ではなかった」

「酔いの回りやすさは日にもよりまする。が、皆酔っ払い方に、些《いささ》か景気が良すぎまするな」

火がつくような強い酒を、浴びるように飲んだのであれば話は別ですがのう、とドゥドゥさんは続けた。

「宴の席でそこまで強い酒を出しません」と、高力士《こうりきし》様が首を横に振る。

酔い潰《つぶ》れることだけが、お酒の楽しみではない。それに陛下の寵《ちょう》を期待する妃嬪《ひひん》達が、こんなに早々と酔い潰れるほどの飲み方はしないだろう。

「ふむ。では、やはり毒か……太医は粗悪な酒が原因だと言っていたが」

「粗悪であれば、先に毒見が味で気づきましょう」

陛下がうめくように言うと、ドゥドゥさんが速やかに否定した。

そして彼女は、床に落ちた酒瓶を拾い上げ、それを瓶ごと呷《あお》ろうとしたが、残念ながら空っぽで、しずくが数滴彼女の口元を濡《ぬ》らしただけだった。

「毒妃様」

そんなドゥドゥさんに、高力士様が美しい意匠を施した杯と、酒瓶を差し出した。

「これがお倒れになる前まで、貴妃様が使われていた杯です。そしてこちらは妃嬪達に振る舞われたものと同じ黄酒《おうしゅ》にございます」

「ふむ」

ドゥドゥさんはそれを受け取り、小指を浸して舐《な》めてから女官と九嬪の一人を押しのけ、手近な場所に腰を下ろし、貴妃様の使っていたという杯に、お酒をとくとくと注いだ。黄褐色のつやのある液体が、杯を満たした。

そしてみんなが不安げに見守る中、彼女はくいっと一杯を一気に呷った。

「……どうじゃ？　毒妃」

「はあ、大変美味にて」

「そうではない。毒について問うたのだ」

陛下が呆《あき》れたように顔をしかめた。

けれどドゥドゥさんは、うーん？　と首を傾げるばかりだ。

「こちらは？」

そしてふと、比較的きれいなまま残されているお膳《ぜん》の上の、小皿の白い結晶を指さす。

「塩だ」

舐めながら飲む為に用意されたものらしい。塩というのは高いものだ。それを舐めながら飲むお酒はさぞかし美味《おい》しいのだろう。

ドゥドゥさんはそれを少し濡らした小指にとり、ぺろりと舐めた。

「江淮《こうわい》地方の海塩でありましょうかな。ふむ、これも問題はなさそうで」

そして彼女は少し考え、再び杯を満たしたお酒に、塩を振り入れた。

「な……何をなさっているんですか？」

それを指先でドゥドゥさんが探っているので、おそるおそる問う。彼女は杯を僕に見せた。杯の底に、白い塩が溶け残ってたまっている。どうやら溶け具合を確認していたようだ。

「陛下がお飲みになっていた酒が粗悪な訳はないが、やはり妃嬪達の方もなかなか上等な酒のようじゃ。良い酒ほど、塩とは混じり合わぬ。塩は水にはよく溶けるが、酒には溶けにくい性質がある。塩を入れてみればわかるよ。水は酒に溶けるが、塩はそうではない。だから酒に塩水を入れると面白い。分離してまた塩の結晶に戻るのじゃ」

その詳しさに、また僕は顔をしかめた。

「……塩も毒ですか？」

「大人を殺すには、両手に山盛り必要ではあるがの」

ふふん、と笑って、ドゥドゥさんは塩を入れた杯を呷った。

「今飲んだ酒に問題はありませぬ。ですが、個別に瓶に毒を仕込まれていたらわかりませぬ……が、毒の多くは仕込めば酒の味が変わります。毒見をすり抜けたとしても、妃嬪達がまったく気づかずに飲み続けるとは考え難いかと」

「では、やはり器のほうと考えるべきか？」

「酒の味を変えずに器に毒を忍ばせるのも、また容易ではありませぬ。少なくとも、妃嬪の呼気にあの特有の香りもないので、ヒ素でもありませぬ。そして太医の言うとおり、吾《われ》にも、妃嬪達はただ酔っているようにしか見えませぬ」

「…………」

そんな陛下とドゥドゥさんのやりとりを聞きながら、僕には一つ大きな疑問があった。

「どうなされた？　華妃」

そんな思案する僕に気がついたドゥドゥさんが僕を見る。

「いえ……」

「華妃、思うことがあれば言ってみよ」

陛下もそう仰《おつしや》ったので、僕は少し緊張して口を開いた。

「はい……そもそも、何故妃嬪に毒を盛ったのでしょうか。それが李白《りはく》殿だとは思えませんが、他の誰かとも思えないのです」

「後宮の女達を憎む者は少なくはない。だから守らなければならないのだ」

陛下がきっぱりと言った。

「ですが憎んでいたとしたら、こんな風に酔うだけの毒を盛りますか？　貴妃様は苦しげでしたが……中にはとても楽しそうな妃嬪もおりますのに？」

「騒ぎを起こして、余に恥をかかせたい者の仕業かもしれぬ」

肉体を傷つけることだけがすべてではないと陛下が言うのも、確かに尤《もつと》もだ。

「なるほど……」

そう頷《うなず》いた僕を遮るように、ドゥドゥさんが言った。

「いや、吾は華妃の言うことにも一理あると思いまする」

「なんだと？」

「恥というのであれば、貴妃様のように陛下に侍《はべ》る妃嬪に毒を盛るだけで良いでしょう。この別室の十人の妃嬪を同時に短時間に泥酔させたところで、誰になんの利点がありましょうや？」

陛下は、むむむ、と唸《うな》った。

「逆に他の妃嬪達が、今日の宴《うたげ》に出るわたくし達に嫉妬《しっと》して、他愛ない悪戯《いたずら》か、意地悪のつもりでやったというのは考えられませんか？」

「つまり九嬪より下の二十七世婦の女達、更に下の品位《ほんい》の女官達が、後宮の外で行われる宴の酒や膳に、巧妙に毒を盛ったというのか？　他の女官や宦官《かんがん》達を買収して？」

ドゥドゥさんはそう言って、妃嬪達のお世話をする女官や、宦官達を見た。

「それは……」

できないことではないかもしれないけれど、それはけっして簡単なことではないだろう。陛下の寵を楊《よう》貴妃様一人が独占している今、どの妃嬪達もお手当は多くない。

悪戯でそんな大それた事をする余裕はないだろうし、やはり動機も謎であり、何をしたいのかもはっきりしない。

「むしろ病気や、何かの手違いである方が、納得できますね」

勿論《もちろん》、陛下の御身に近いこの場所で、手違いなど絶対にあってはならないことなのだが。でも僕らのそんなやりとりを聞いていた陛下が「だが、あやつはわからぬ」と呟《つぶや》いた。

「陛下？」

「李白だ。あやつは本当にわけのわからぬ男じゃ」

陛下はしかめっ面で言った。

「詩の才能は確かに素晴らしい。だから翰林供奉《かんりんぐぶ》の任を与えた。いつでもその詩を楽しめるようにな。だがあの男、やることなすことが前代未聞すぎて、余が理解を超える」

「…………」

例えば、普段は裸で詩を詠むとか……と、喉《のど》の奥まで出かかったけれど、ギリギリ飲み込んだ。そもそも陛下の酒蔵に入り込んで、そのお酒を飲むような、とんでもない人だ、陛下のお気持ちはよくわかる。

よくわかるのだが……。

「ですが……よしんば李白様の悪戯だとしても、それならば己の意識がある時でなければ、それを楽しめないかと存じます。彼が同じように泥酔していては意味がありませんわ」

それでも僕は、やはり李白殿が、こんな形で問題を起こすとは信じられなかった。理由は簡単だ、これはそう――『美しくはない』から。

「李白様は美しいものを好まれる方です。その方が、万が一にも美しいものを害するような事はしないと思いますわ。今この光景は、どう見ても美しくはないですもの」

けれど陛下は不満そうな顔をした。

「華妃……そなたやけに李白を庇《かば》うではないか」

「そ、そういう訳ではありませんが、毒妃様が毒のために、陛下が貴妃様のために動かれるように、人には理由がありますでしょう。自分を突き動かす理由が。李白様は確かに変わり者でいらっしゃいますが、そういう己の心根に忠実な方と存じます」

「ふむ……」

けれど陛下はそれでもまだ不満げに、納得のいかない――というよりは、拗《す》ねたような表情だった。

まさか、李白殿に妬《や》いているのだろうか？　普段自分は、貴妃様ばかり愛《め》でておられるのに？

思わず僕の眉間《みけん》にも皺《しわ》が寄った。

それを見て、高力士様がすかさず僕らの間に入る。

「陛下、実は李白は翠麗《すいれい》の弟、我が甥《おい》の友なのです」

「ほう？」

「甥はすぐに母を亡くしておりますから、翠麗は昔から末弟を吾子《あこ》のようにかわいがっているのです」

高力士様はそう言うと、さりげなく合図するように、肘《ひじ》で僕を小突いた。

「は、はい！　そ、そうなのです。弟が慕う方を、罪人とは思いたくなかったのです」

うっかりしていた、僕は――姐《ねえ》さんは、後宮の妃嬪《ひひん》、陛下の妃である華妃なのだ。

たとえ寵《ちょう》は絶えていたとしても、『翠麗』は陛下のものだ。他の男性を庇うのは、陛下のお心に背く事になってしまうのか。

「ふむ……そういえば、確かそなたの弟は儀王友《ぎおうゆう》であったか。倭国《わこく》より来た朝仲満《ちょうちゅうまん》も同じ儀王友。あの男は李白や杜甫《とほ》といった詩人達と親しかったな。焼尾《しょうび》の席で会うた事を思い出したわ」

陛下が記憶を辿《たど》るように呟く。焼尾は科挙の合格祝いに、たくさんの料理で周囲をもてなしたり、陛下に感謝を捧《ささ》げたりする宴の事だ。

その席に僕はいなかったし、『玉蘭《ぎょくらん》』自身は李白殿と面識はない。けれど、陛下はその人の繋《つな》がりに納得されたのだろう。

でもなにより、まさか陛下が仲満だけでなく、僕の事まで把握していらっしゃるとは思わなくて驚いた。

儀王様のお父上であるからというだけでなく、陛下はやはり、姐さんの事を心に留めてくださっているのだろう。

「陛下のおそばにあるのはわたくしにとって幸いなれど、ここでは友を失い、悲しむ弟を慰めることもできません。ですから、どうか李白様ばかりお疑いにならないでくださいませ……」

陛下の怒りを買うわけにもいかない僕は、ここでしなを作って、よよよ……とさも悲しげなフリをしてみせた。

視界の端、ドゥドゥさんが噴き出しそうになっているけれど、見えないことにする。

「うむ。余も兄弟姉妹は大切にしている。良き心がけだ、華妃。それになにも李白を罪人にしたい訳ではないのだ」

陛下は慌てて僕の憂いを払うように、優しい声色で言ってくれた。

「でしたら……」

「だが、これは普通の状況ではない。李白の仕業だとしても、そうではないとしても、このままにはしておけぬ。今宵《こよい》はただの酒ですんだかもしれん。が、それが次は毒になるかもしれないのだ」

「…………」

「今宵は貴妃と梅《ばい》麗妃と九嬪であった。次はそなたかもしれぬし、もっと多いかもしれぬ。そうはさせぬ為に犯人を捕まえねば。余にはそなた達を守る義務がある」

「…………」

いったい……後宮三千人の妃嬪の夫というのは、どのような気持ちなのだろうか？

と、ふと思った。

もし貴妃様が陛下と出会っていなければ、今頃後宮はどうなっていたんだろう。

それを思えば貴妃様がお命を狙われる可能性もあるし、憎悪がどんな風に破裂して、誰を傷つけるかはわからない。

それに……。

「どうしたのじゃ、華妃？」

「え？　い、いいえ……」

気がついてしまった。

本当は、一人だけ心当たりがあることに。

後宮の四夫人と九嬪に関わりがあり、宦官や女官達を買収したり、宴で毒を盛る事のできる女性が、一人だけいる——考えたくはないけれど。

李白殿を救いたい気持ちや、妃嬪達に心砕く陛下のお心に応《こた》えたい気持ちはある。でも、それ以上にふつふつと湧いた不安が、僕を突き動かした。

だって僕が誰より早く、真実を見つけなければ。そうしなければ——守れないかもしれない。

犯人かもしれない姐さんを。

六

姐さんはいたずらに人を傷つけるようなことはしない。本当に優しい人だ。

だけど同時に、信念の人でもあると思う。

姐さんは昔から、自分が正しいと思うことにまっすぐな人だった。例えば父上や、叔《お》父上《じ》に窘《たしな》められようとも、自分の中の正義は曲げないような。

だから姐さんが、妃嬪達に毒を盛るなんて考えられないと同時に、姐さんならあり得るとも思った――彼女たちを本当に傷つけたりはしない所が。


「――がおりましょう。たとえば、華妃のような」

「え？」

そんな風に物思いに耽《ふけ》っていた僕は、不意にドゥドゥさんに呼ばれ、驚いて顔を上げた。

聞いてなかったのか？　という風にドゥドゥさんが眉《まゆ》をひそめる。

「だから、毒は他者を害するためのもの。これが妃嬪を傷つけ殺《あや》めるための毒ではないのだとして、本当に毒を使った者がいるのであれば、また別に何らかの形で傷つき、害悪を受ける者がおりましょう……と言ったのじゃ」

「え？　それが、わたくし、ですか？」

「左様。毒なき華の君だけ、ぴんぴんしているではないか——故にもしかしたら、犯人は華妃が酒を召し上がらないと、知っている人間かもしれませんな。華妃が妃嬪達に毒を盛ったと吹聴し、華妃を陥れたい人物が」

ドゥドゥさんの声が、普段よりヤケに遠く聞こえる。もしかしたら彼女もすでに姐さんを疑っているのだろうか？

ドゥドゥさんは姐さんを好いているようだったけれど、毒と秤《はかり》にかけた時、彼女は毒を使った姐さんを許しはしないだろう。僕も毒を使うことを正しいとは思えない。

もし本当に姐さんの仕業だったら、僕は——僕はどうしたら良いのだろうか。

とはいえ結局こんな風に次々に理由が思い浮かぶということは、そのどれもが確実性に欠けるからだと、彼女は憂いた。

確かにドゥドゥさんの言うとおり、どれも曖昧《あいまい》で、不確かな事しかわからない。

姐さんが関わっているかもしれないというのも、僕の勝手な推測でしかない。

陛下とドゥドゥさん、高力士《こうりきし》様が意見を交わす横で、僕はぼうっと混乱する宴《うたげ》の席を見た。確かなのは、酔っ払った妃嬪達がいるということだけだ。犯人が何をしたいのか、まったくわからなかった。

「あとは……わかる事を、積み重ねていくしかありませんね」

「そうじゃな」

ドゥドゥさんが頷《うなず》く。

「だが、少なくとも酒の大半はすでに妃嬪達の腹の中なのだ。調べようがない」

陛下が嘆息した。

「腹の中……腹か。そういえば食事はどうだったのだ？」

ドゥドゥさんが僕を見て問うた。

「食事ですか？」

「そうじゃ。宴の前。朝や、昼餉《ひるげ》は何を食した？　やはり酒の回りが早すぎるのが気になる。問題は宴よりもっと前にあるかもしれぬ」

「それは確かに……」

位が違う僕ら正一～二品《ほん》と、ドゥドゥさんの食事がどこまで違うか、僕は具体的に知らないし、妃嬪それぞれの好みや体調に合わせて、食事の内容は若干変わるだろう。

「何かあった時のため、おそらく今日の分の食事は残してあるでしょう。すぐに用意させます」

高力士様が言った。ドゥドゥさんは少し俯《うつむ》いた後、また僕を見る。

「……いや、直接尚食《しょうしょく》の所へ出向いた方が良いじゃろう。毒なき華の君、同行して頂けようか？」

「は、はい。勿論《もちろん》です」

彼女一人では、女官達も恐れて会話にならないだろうし、ついつい忘れてしまいがちだけれど、ドゥドゥさんはあまり目が良くないのだ。

「では陛下は一度宴の方へ」

高力士様が恭しく、けれど有無を言わせぬ口調で陛下に促した。陛下は苦い顔で頷いて「何かわかったらすぐに余に知らせよ」と僕らに言った。不本意そうに。

問題が起きたとはいえ、これ以上宴の席を空ける訳にもいかないのだろう。陛下は心配そうだったけれど、僕は少し安心した。

もし本当に姐《ねえ》さんが関わっていたら困るのだから。

宴に招かれてから、そういえば絶牙《ぜつが》をほとんど見ないと思っていたけれど、今までは陛下と高力士様がいらっしゃったので、どうやら僕から少し離れた場所にちゃんといたらしい。

高力士様を伴って、陛下が部屋を出ると、気がつけばしっかりと絶牙が控えていた。

それに気がつき、ドゥドゥさんは一瞬眉間《みけん》に皺《しわ》を寄せたけれど、僕は逆にほっとした。

僕一人ならともかく、ドゥドゥさんを連れて危険かも知れない場所を歩き回るのは、怖かったからだ。

とはいえ尚食局、厨房《ちゅうぼう》は普段僕らの食を管理する場所。直接僕らの健康に繋《つな》がる所なので、何かあるような事は考え難《にく》いとも思うのだけれど。

途中で桜雪《おうせつ》も合流し、僕らは後宮の食を預かる厨房を訪ねた。

熱気と活気のある厨房は、染みついた油と薪《まき》の燃える香りがする。あと何か、お肉の焼けるいい香りが。

僕らの突然の訪問に、厨房はざわついたし、歓迎はされなかった。

でも当然だ。僕らは先日前任の尚食を失職させ、尚食局を大混乱に陥れた張本人なのだから。

宴で妃嬪《ひひん》達が倒れたことは、勿論こちらにも連絡が来ていたらしい。ただ妃嬪達の口に入る物は勿論すべて毒見されている。

その上で、お出しした料理はすべて無害という自負があるのだろう。

ちくちくと刺さる視線に内心どぎまぎしながら、僕はドゥドゥさんがこれ以上厨房を怒らせないように細心の注意を払いつつ、朝からの食事をもう一度調べたいことを伝えた。

僕らは大変やっかいな訪問者であるとはいえ、高力士様と陛下の使いなのだ。

新しい尚食は本当にしぶしぶといった調子で、それでも僕らに応じてくれた。

特にドゥドゥさんのよくない噂を信じている女官達は、怯《おび》えて震え上がっている。

長居されて仕事の邪魔をされるのも嫌なのだろう。尚食は厨房の横の続き間、女官達が休憩をしたり、食事を取ったりする部屋に、料理を運ぶように指示した。

高力士様の言うとおり、食事はすべて各一食分、『何かあった時』の為に残されているらしい。

少量ずつとはいえ、妃《きさき》の好き嫌いに合わせて増減した分も含めると、結構な数の料理が僕らの前に用意された。

こんな時なのに、僕のお腹がぐぅ、と音を立てたので、女官達は気まずそうな顔をした。

唯一「ふっ」と小さく笑いをかみ殺したのは、後ろに控えていた絶牙だ。すかさず桜雪に肘鉄《ひじてつ》を食らわされていた。

ドゥドゥさんといえば、そんな僕すら目に入らない様子で、わくわくと料理を眺めていた。多分僕とは違う理由でだ。

つまり『美味《おい》しそう』ではなく、『これらのうちのどれかに、何かの毒が入っているかもしれない』という喜びだろう。

それを前にしてどうするのかと思えば、ドゥドゥさんは警戒もせずに、いきなりぱくりと料理を口に運んだ。

「食べるんですか!?」

「毒が入ってるかもしれないではないか」

「毒が入ってるかもしれないんですよ！」

そうだろうと思ったけれど、やっぱりそんな躊躇《ためら》いもなく食べてしまうんだ。すごい毒が紛れ込んでいたらどうするのか。

「もう……危ないからちょっとだけ！　ちょっとだけにしてくださいませ！」

「でもこの膳《ぜん》は、そなたも食べたのではないか？」

「それはそうですけれど……」

それはもう、美味しくたっぷり頂いた。

「あの……華妃様」

そんな僕に控えめに声をかけてきたのは、司膳《しぜん》女官の杏々《あんあん》と、以前お世話になった芹《きん》英《えい》だった。

続きの間の入り口、女官たちが不安げに壁のように集まって、見守る中、彼女たちは神妙な表情で僕に頭《こうべ》を垂れた。

「ごめんなさい。貴女《あなた》たちを疑っているわけでも、お仕事の邪魔をしたいわけでもないのですが……」

逆に申し訳なくて僕も頭を下げようとすると、彼女たちは慌ててそれを制止した。

「だ、大丈夫です、わかっております！　実際宴は大変な事になっているとお聞きしました！」

杏々が首を振る。

「ただ、華妃様のご参考になればと思ったのです」と芹英も言う。

「わたくしの参考に？」

「はい……今日の朝とお昼のお食事ですが、皆様ほとんど手をつけていらっしゃらないのです。しっかりと召し上がったのは、華妃様だけでした」

杏々が言った。

「あ……え……？」

そ、それは恥ずかしい。でもなるほど……どうりで膳を下げるとき、司膳の女官がちょっと驚いた顔をしていた訳だ……。

確かに今日の宴《うたげ》の参列者は、みな時間をかけて支度をしたと聞いている。

だから僕も頑張るようにと、朝から茴香《ういか》にずっと叱咤《しった》激励されながら、衣装を整えたのだ。

急いで流し込むように食事した事を考えると、確かに食べない、食べられない女性達もいただろう。

でも前日の夕餉も、汁物や粥《かゆ》といった、胃の腑《ふ》に安らかな食事が並んでいた。だから僕は今朝お腹がすいて仕方がなかったのだ。

「前日から食事は汁ものばかりにして、少しでも綺麗《きれい》な姿になろうとする妃も少なくないですが、なにより緊張で喉《のど》を通らない妃嬪の方も多いんです。なんというか……皆さん陛下の寵《ちょう》を頂き慣れていないといいますか……」

四夫人はともかく、今九嬪の座にいるのは、主に政略的に後宮に入り、位を与えられた女性達がほとんどだという。

勿論九嬪に数えられるのだから、一度も陛下にお会いした事がない……とまではいかないものの、一度二度札を引かれただけで、そのままお顔すら拝見できていない女性もいるのだ。

陛下はすでに盛年を過ぎており、楊《よう》貴妃様に会う以前も、武恵妃《ぶけいひ》様を主に召して大切にしておられた。

この後宮は貴妃様を迎える前からすでにもう何年も、うら若き妃嬪達が陛下の寵を競い、奪い合う時代ではなくなっている。

「もしかしたら再び陛下の寵を頂けるかも……というお考えをお持ちの方もいらっしゃるでしょうが、それよりも『陛下にお会いする』という事に、震え上がる女性は少なくありません」

桜雪も言い添えた。

「ああ……そうなのですね……」

僕にとっては昔から『陛下』というお方は、姐《あね》の主《あるじ》になられる方で、叔父《おじ》である高力士様がお仕えする方として、日常的にそのお話を聞いていた。

陛下は皇帝で、勿論《もちろん》大変高貴な特別な方なのは確かだけれど、それでもなんとなく地続きというか、僕にとって無縁の存在ではなかったんだ。

姐さんのように政略的に後宮に上がった女性達なら、まったく陛下とは無縁ではないにせよ、陛下はこの国の皇帝だ。

皇帝とは、即ち竜《りゅう》である。

僕たち人間とは違う特別な存在なのだ、民はそう習う。

そのお顔を間近で拝謁できるだけで震え上がる――のは、珍しいことではないのか。

「であれば、皆が口にした物はないのか？」

「皆さんほとんど手をつけられていませんでしたので、それはなんとも……」

杏々が困ったように眉《まゆ》をひそめた。

「…………」

様々な料理を、ほんの少しずつ舐《な》めるように口にし、匂いを嗅《か》ぎ……ドゥドゥさんは低く唸《うな》った。

「何かが変だ。時間が合わぬ」

「はい？」

「毒の仕業だとしたら、やはり効く時間が遅いと言いたいのだ」

「それは……確かに」

「勿論遅く効く毒はある。一度軽く効いて、良くなったと見せかけて、その実あとからじっくりと死に至らしめるような毒もあるのじゃ――だが、今回は違う。妃嬪達の症状と一致しない」

そうして、ドゥドゥさんは並ぶ料理をじっと見た。はっきり見えないはずの瞳《ひとみ》で――

まるで曇り空に、小さな星の光でも探すように。

「……華妃はこの通りピンピンしておる。彼女たちが食して、華妃が口にしなかったもの……毒なき華の君、この中で何を残した？」

「え？　あ……な、何も」

突然の質問に、僕はちょっと恥ずかしさを堪《こら》えて答えた。

「すべて食したのか！　まったく育ち盛りじゃな」

「だって今は食べるくらいしか楽しみがありませんし……」

それにお腹ぺこぺこだったし……。なんならおやつだって頂いてしまったし……。

「ただ、わたくしの膳になかったものは、当然口にしておりません。わたくしの膳になくて、他の方みんなにあるお料理に毒が入っていたのでは？」

そう言うと、杏々と芹英、そして新しい尚食は顔を見合わせた。

「え？　ない物ですか？」

「華妃様は、いつも好き嫌いされずに召し上がりますので……」

「あら」

確かにここのご飯は何だって美味しいし、翠麗《すいれい》も好き嫌いのない人だ。僕もせいぜい枸杞《くこ》が苦手なくらいで、幸い今日はどの料理にも入っていなかった。

「でしたら……皆さんと異なるのは本当に、それこそお酒だけになってしまいますね……」

僕が呻《うめ》くように言うと、女官の一人が「あっ」と小さく声を上げた。

「……なんですか？」

「お酒ですが、皆さん夕べは召し上がってません」

そう緊張した表情で言ったのは、司醞《しうん》——つまり、お酒を扱う女官らしい。

「普段寝酒を楽しまれる方は多いですが、今日に備えられておりましたし、貴妃様も夕べは陛下のお召しがありませんでしたから」

夕べは今日の宴のために遠方から来たお客人や、陛下のご兄弟がいらっしゃっていたので、貴妃様も寝所に侍《はべ》ることなく、陛下のお酌に付き合うこともなかったそうだ。

みんな今日に備えて粛々と、お酒も飲まず早くに寝所に入られたそうだ。

「普段でしたら、お昼にも少しお酒を嗜《たしな》まれる方はいらっしゃいますが、皆様今日はさすがに飲んでいらっしゃいませんでした」

お酒はこの後宮で、妃嬪《ひひん》達に許された数少ない娯楽の一つだ。

手当によってその量や質、頻度は変わっていくけれど、多くの妃達が、夕餉《ゆうげ》の時やお休みになる前に、それを楽しまれるのだろう。

「結局なんにもわかりませんね」

ただ厨房《ちゅうぼう》を騒がせてしまっただけだ。ふぅ、と息を吐きながらふと気がつくと、なぜだかドゥドゥさんは口元にくっきりと笑みを刻んでいた。

「……毒妃様？」

「効き目の遅い毒。効くのが早い酒……」

ブツブツと呟《つぶや》くドゥドゥさんを、ある者は怪訝《けげん》そうに、そしてある者は怯《おび》えたように見ていた。

「……そうか！ そうじゃったか‼」

周囲のざわめきなど耳に入らない様子で、ドゥドゥさんがひときわ大きな声を上げて笑った。

「ひっ」

さすがの僕も驚いて声が出てしまった。

「ドゥドゥさん、どうなさったんですか？」

「これではない」

困惑する僕らを尻目《しりめ》に彼女は再び料理に向き直り、皿を顔の前まで持って行って、その食材一つ一つをじっと確認しはじめた。

「これでも、これでもない、が……」

「……何をお探しなのですか？ 使われた食材はすべてお答えできます」

そんなドゥドゥさんを見て、芹英が真剣な表情で言った。

「茸《きのこ》じゃ」

「茸？」

「そうじゃ。最近茸は出たか？ おそらく今の時季であれば、干したものを水で戻したのだろう」

「茸……」

「そういえば昨晩汁物の中に、美味《おい》しい茸がたくさん入っておりました」

干したものを……と聞いて、僕ははっとした。

昨日の夜に出た椀《わん》は、具だくさんで本当に美味しかったからだ。

「昨晩か！　なるほど！　間違いないな？　芹英といったか、使った茸はどこじゃ？　残っているものがあれば見せよ！」

ドゥドゥさんが、白い頬をかすかに上気させ、嬉《うれ》しそうに言う。芹英は怪訝そうに目を白黒させながらも、こちらです……と、使用した食材の残りを揃えた。

様々な干した茸が並ぶ。

それを一つずつ嗅ぎ、触れて確かめ——やがて一つの茸を手に取ったドゥドゥさんが、本当に嬉しそうに笑い出した。

「ど、毒妃……あの……もう少し、その……」

嬉しいのはよくわかった。でも、もうちょっと人目を考えて貰《もら》いたい。

可哀想に、普段朗らかなあの杏々ですら、真っ青な顔をしてドゥドゥさんを見ているじゃないか。

でもそんな僕の制止なんてこれっぽっちも聞かないで、ドゥドゥさんはやがて満足げに息を吐き、そして僕を——ではなく、僕の後ろに控えた絶牙を見た。

「忠犬」

ドゥドゥさんが絶牙を呼んだ。彼の眉間《みけん》に、普段僕には見せないほど深い皺《しわ》が寄る。

「そのような顔をするな。一緒に手柄を立てさせてやろうというのだ」

呆《あき》れたようにドゥドゥさんが言った。絶牙の表情は変わらなかったが。

「ふん。相変わらず懐かない犬じゃな。でも良い。ほうら、ご主人様に、高力士殿にお伝えせよ――華妃が貴妃達を酔わせた犯人を見つけたとな」

七

「毒なんて盛っていません！」

当然厨房の女官達は、揃って無実を訴える声を上げた。

まったく本当に、ここで僕らは厄介者だろう。明日《あした》からご飯にどっさり苦手な枸杞が入っていたらどうしよう。困るけれど、その時は頑張って食べなければ。

そうこうしているうちに高力士《こうりきし》様が現れた。陛下が一緒ではないことに、僕はほっとした。

「食事に毒が入っていたというのは真《まこと》か？」

絶牙《ぜつが》と共に慌てて厨房に来た高力士様が、信じられないという風に僕らを見た。

「真実ではありません。私達は毒など盛っておりません」

まだ若い尚食がきっぱりと答える。このところ僕らのせいで苦労をさせられている人達だ。当然その声には怒気が含まれている。

「そうじゃろうな。自覚がないのじゃろう」

ドゥドゥさんが肩をすくめて呟いたので、慌てて問うた。

「では……食材に、偶然悪いものが混ざっていると言うことですか？」

「場合によっては」

「そんな事はありません。すべてきちんと毒見が確認しています」

「だとしたら真面目な毒見じゃな」

「え？」

女官に答えながらドゥドゥさんは、ふ、と笑うと、乾燥された茸の塊から、選ぶように一つを取り上げた。

「それは？」

それは丸山形の笠《かさ》の、よく木の根に生えていそうなありふれた茸だった。

「これは？」

「占地茸《しめじたけ》です。何年も同じ所から仕入れておりますから、間違いはありません」

「ふうん」

ドゥドゥさんはそれを、くん、と嗅《か》いだ。

「桜の葉のような、独特の香りがない。芳香杯傘《コカブイヌシメジ》でもないのう――そしてこれはただの占地茸でもない……ずっと同じ所から仕入れていると言ったな？　おそらくこれは仕入れたばかりだろう？　古い方は残っていないかえ？」

「多分まだ少しありますが……」

「見せよ」

女官達は顔から困惑の色を隠せない。いつも使っている食材なんですよ？　と念を押した上で、女官の一人が同じような干し茸を持ってきた。

ドゥドゥさんはそれに優しく指で触れた後、ふうん、と満足げに鼻を鳴らした。

「やはりだ。おそらく仕入れ先が収穫場所を変えたのだな。見よ。この古い方と、新しい方――違いがあるじゃろう？」

そう言ってドゥドゥさんが僕らに、乾いた茸を二つ並べて見せた。石突きの方を向けて。

「違い？　違いと言われてもよくわからな――あ」

言いかけて、僕ははっと気がついた。

「左の方……古い方は、軸の中央に空白があるようです。麦わらのように」

そう答えると、ドゥドゥさんは満足げに頷《うなず》き、高力士様達も、確かに……と納得したように頷いていた。

「この茸――……この古い方。比較的暖かい土地のよく濡《ぬ》れた土を好む、湿地の茸じゃ。名前を布袋瞞《ほていだま》しという」

「そうじゃ。そしてこの新しい方の茸はな、寒い地方の乾いた森に生える茸で、名を布袋占地という。味も見た目も似ているし、乾いてしまったものは余計に区別が付きにくかろうが、この布袋占地の方が味も濃く、美味《うま》いじゃろう」

そこまで言うと、彼女はにっこりと笑った。

「汁物を毒見した者――この茸を喰《く》ろうた者は下戸じゃな？」

その問いに、尚食の表情が曇った。

「確かにその通りです。そもそもその茸は、前任の呉《ご》尚食が仕入れたものです。仕入れの際に確認もしているでしょうが……もしかしたらその確認は、あの子供達にさせていたのかもしれません……」

危険かもしれない食べ物を毒見役よりも先に、後宮で働く弱くて体の小さい子供達に食べさせていた前任の呉尚食。

確かに弱くて幼い子供達は、大人よりも毒に弱く敏感だ。

「……だとしたならば、この茸は、幼子達には無害だったと言うことですか？」

僕の問いに、ドゥドゥさんはゆっくり頷いた。

「左様じゃ――そして、毒なき華の君にも無害であったろう。何故ならば、この布袋占地の毒は、酒を飲んでこそ発現するからじゃ」

「え？」

「布袋瞞し？」

と僕は驚いた。

「飲むと酔ったようになる毒……ではなく、酔うと毒に変化するという事ですか？」

女官達もざわざわと驚きを口にしている。

高力士様を見ると、彼はそのまま話を続けるように頷いた。

「この布袋占地のように、悪酔いさせる茸は他にもある。一夜茸《ひとよたけ》などがそうじゃが、この布袋占地は中でも効果が強い。酒という毒は、大体が飲んでも自然とその毒素を失い、時間経過と共に酔いは薄れていくものだ。だがこの布袋占地は、その毒が消えていくのを大きく妨げるのじゃ。よっていつまでも酒の毒が強く、くっきりと体に残る。が、反面、酒を飲まぬ者にはまったく無害じゃ」

「た……確かに、わたくしは平気です」

「そしてその効果は強いだけでなく、長い。時には一週間以上効果が続くこともある。夕べの汁物が、今夜飲んだ酒で悪酔いさせてもおかしいことはない」

「じゃあ、本当に原因はその茸《きのこ》なんですね？」

これがもし夕べ、貴妃様達が食後にいつも通りお酒を召し上がっていたのなら、事態はもっと早く起きただろう。

宴《うたげ》より先に昨夜の内に問題になって、今日の宴は中止になるか、妃嬪《ひひん》達の出席は取りやめになっていたかもしれない。

僕は思わずほっとして、膝《ひざ》から力が抜けてしまった。

今回は少々巡り合わせが悪かっただけで、誰かが意図的に毒を盛ったわけじゃなかったんだ――そう、李白《りはく》殿や姐《ねえ》さんが犯人じゃなくて、本当に良かった。

「というわけじゃ。高力士殿。原因はこの茸の毒にある――が、結局妃嬪達は酔っているだけじゃ。残念ながらこの悪酔い状態が、二、三日続くことも珍しくはないが、元々酒が体に合わぬ者でなければ、このせいで逝くということはないであろう。まぁ心配せず、酒の抜けない朝と同じように過ごさせれば――」

「た……大変申し訳ありません！」

ドゥドゥさんが言うのを遮るように、尚食が僕らにひれ伏した。

「陛下の大切な女性達を、このように毒に晒《さら》してしまったのは、毒妃様の仰《おっしゃ》るとおり、尚食局の――ひいては尚食である私の失態です。私が命をかけてお詫《わ》びをいたします！　ですから他の者達の事は、どうかお許しください！」

床に額をこすりつけるようにして、尚食が叫ぶように言った。

年齢は本当にまだ若い――僕より年上ではあるけれど、多分十歳も変わらないと思う。やっと厨師《ちゅうし》の仲間入りをしたかと思えば、この数ヶ月の間に二人も尚食の首席女官が失職し、人員の補充もままならないままトントンと、尚食首席にまで上がってしまったというその人の苦労の原因の一端は、他でもない僕にある。

勿論《もちろん》呉尚食を更迭した自分の選択を、今でも間違えているとは思っていない。だけど……このままだと、彼女に責任を押しつけてしまうようで、罪悪感が胸を突いた。

「どうか、何卒《なにとぞ》どうかご容赦を！　これ以上人が減ってしまっては、厨房が回らなくなります！」

「そなたらの沙汰《さた》は、私ではなく陛下がお決めになる」

けれど高力士様の表情は険しく、彼は尚食の必死の訴えに苦々しく答えた。

「高力士殿が、陛下になんと伝えるか、ではないか？」

そんな高力士様を非難するように言ったのは、他でもないドゥドゥさんだった。

「すべてそのままお伝えするのが――」

「いいや。考えてみるが宜《よろ》しかろう。この毒は酒がなければ無害。そして一週間近く体に残る。さすればつまり、この者達は一週間、酒を飲んでいないという事じゃ。なんと真面目な事よ」

「む……」

高力士様が反論の言葉を詰まらせた。

「そもそも人が少ないのは、それを管理する者の――即ち後宮で最も権力を持つ宦官《かんがん》である、高力士殿の責任であろう？」

「確かにそれは一理ある……が、尚食局に大変な見落としがあった事は否めぬ」

「であれば、内を治める貴方《あなた》が責任を取るが宜しかろう？」

「…………」

畳み掛けるようなドゥドゥさんの言葉に、とうとう高力士様は黙ってしまった。

「わたくしも、今回においては尚食を裁くことに同意致しかねます。原因となった茸を仕入れたのも呉前尚食ですし、逆にもしこれが本当に強い毒であったなら、妃嬪達の口に入るようなことはなかったでしょう。今回は特殊な例外です」

「だがその例外が許されては困るのだ――」

「もう良い、そこまで」

凜《りん》とした声が響いた。

高力士様の言葉を遮ったのは、他でもない陛下だった。

皆が慌てて頭《こうべ》を垂れる。僕もそれに倣おうとすると、陛下は手を上げてそれを制した。

陛下の表情は険しいものであったものの、幸い激怒されているという事ではなさそうだ。空気に今にも糸が切れそうな緊張感はない。

「将軍《高力士》の言うことは尤《もっと》もだが、華妃と毒妃がこうまで言っておるのだ。ここは妃達《きさき》の顔を立ててよ」

「は……」

慌てて高力士様が恭順の拝をする。

「毒妃の言うとおり、確かに尚食局に人が少ないのはそなたの不手際でもある。貴妃を苦しめた責任を果たし、すぐに人を増やしてやれ」

そこまで言うと、陛下はドゥドゥさんを見た。

「話は聞いていた。本当に、みな酔っ払っているだけなのだな？」

「普段より酷《ひど》く酔われてしまっただけにございまする」

「可哀想に……貴妃は酒の抜けぬ朝は、花の蜜《みつ》を吸うのが好きなのじゃ。急いで花を集めてやろう」

「そちらも、すぐに手配いたします」

高力士様が頭を垂れたまま言った。

「そうだな、李白も出してやれ……ああ、いや、やはり二、三日牢《ろう》の中で反省させよ。あの男、大事な酒まで滅茶苦茶《めちゃくちゃ》にしおって」

そう言い直す陛下に、高力士様も苦笑いで頷《うなず》く。

「それが宜しいかと存じます」

牢は確かに可哀想だけれど……あの李白殿だ。酔っ払って投獄されている事にすら、気がつかないまま朝になるかもしれない。

陛下は「いっそ、この茸を毎日食べさせたら、少しは酒を控えるだろうか」なんて、茸を手に物騒な事を呟《つぶや》いて——そして僕とドゥドゥさんを見た。

「華妃、毒妃、またそなた達の手柄だ。優れた妃をもった事、余は誇らしい」

陛下にお褒めの言葉を頂いて、僕は思わず微笑んだ。だって今回こそは僕ではなく、ドゥドゥさんの手柄だと、陛下もちゃんとわかってくれただろうから。

「でしたら……おそれながら陛下にお願いがございます」

「なんだ？　申してみよ」

終

「じゃから、何故吾《われ》の食事まで、四夫人と同じものなのじゃ‼」

それから数日後、夕方訪れた僕にドゥドゥさんが詰め寄った。

「でも今度の事も、もし同じ食事をしていたら、ドゥドゥさんはすぐに気がつかれたでしょう？」

「まぁ……それもそうじゃが……」

そうだったならきっと彼女はまたニヤニヤ笑って、僕に「この汁物には……」なんて教えてくれたことだろう。

「考えてもみてください。毒は本来、弱い者が強き者を害する為の道具です。だとすれば、この後宮で力を持つ四夫人こそ毒に近いじゃありませんか。中でも貴妃様は、常にその危険と隣り合わせでしょう」

「……なるほど、それを吾も毎日頂けば、その毒は吾のものにもなるという事か」

「……まぁ、僕としては、本当はそれは不本意なのですけれど」

一番毒に狙われている人と、同じ食事をするというのだから、それはある意味毒見と同じだ。ドゥドゥさんを危険に晒すという事でもある。

「毎日の食事の毒を恐れるというのは、むしろ吾には本意じゃ」

でも案の定、彼女は満面の笑みを浮かべて言った。

「でしょう?」

これはまぁ……ある意味彼女にとっては褒美になるだろう。それにやっぱり、毎日のご飯は美味《おい》しい方がいい。

ドゥドゥさんの部屋から戻ると、僕に文と美しい白芙蓉《はす》の花が届けられていた。もしかして姐《ねえ》さんからの伝言かと慌てて開くと、それは李白《りはく》殿からだった。

青春已復過
白日忽相催
但恐荷花晩
令人意已摧
相思不惜夢
日夜向陽臺

春は終わり、日々は急《せ》かされるようにまたたく間に過ぎていきます

ただ恐ろしいのは、蓮《はす》の花が枯れてしまうこと。それは私の心をもくじいてしまう
それでも夢見ることを惜しみはしません
せめて夢の中では陽台で、毎日貴方にお会いしたいと思います

「お礼ですか……本当に美しい詩ですね」

詩を読み上げると、聞いていた桜雪《おうせつ》が微笑み、隣の絶牙《ぜつが》も頷いた。

陽台はその昔、楚《そ》の懐王《かいおう》が生き別れになった神女と唯一会えるという、特別な場所だ。

勿論《もちろん》気分は悪くはないけれど、やっぱりこそばゆい――僕は本当は男だし。

彼だって勿論本気ではないだろうし、あくまで『華妃・高翠麗《こうすいれい》』に贈られた文だけれど、こんな恋文みたいな詩は、ちょっと複雑な気分だ。

「でも……確かにあの方は、夢で会うくらいがちょうど良いわ……実際会うと、わたくしまで悪酔いしてしまいそうよ」

本当に全く、酔っ払いにはこりごりだ！

第二集

玉蘭、羊公主のお輿《こし》入《い》れに奮闘す

一

その嵐は雨の後、突然やってきた。

しかも何かと噂の種になりやすい後宮でも位の高い女性達が、沈香亭の宴《うたげ》で醜態をさらしてしまったというあの大騒ぎは、しばらくの間後宮をざわざわさせていたけれど。

その二日後、掖庭宮が壊れてしまうんじゃないかというほど激しく吹き荒れた嵐が、新しい話題を攫《さら》っていった。

人々は常に新しい話題に飢えている。

そんなある日、食後のお茶で一息ついていた僕の部屋を訪ねてきたのは、まったく見覚えのない美しい女性だった。

勿論たくさんいる後宮の女性達を、僕はほとんど覚えられていない。

ただその女性は明らかに身なりがよく、立ち振る舞いも嫋《たお》やかで、そして美しかった。

衣装は金だ。金と黒。高貴で華やかではあるけれど、淑《しと》やかな女性が纏《まと》うには少々凜々《りり》しいか。

けれどよく似合っているのは、背の高さとその顔立ちのお陰だろうか。

くっきりとした濃い眉《まゆ》に、ぱっちりとした瞳《ひとみ》を縁取る睫《まつげ》――一度でも見かけたなら、絶対に忘れられない人だと思った。

いや、むしろ誰かに似ている。似ている気がする。

だからそんな女性が、我が物顔で僕の部屋に来て、「桜雪《おうせつ》はどこ？」と言ったものだから、僕は驚いた。

「え？」

「桜雪に会いに来たのよ。貴女《あなた》じゃないわ」

「は、はぁ」

華妃の部屋に先触れもなく訪れ、ぞんざいな口調で僕を追い払うように女官を呼ぶなんて、正直普通の事ではない。

それはつまり、そういう振る舞いが許される女性。僕よりも高貴な女性、もしくは――。

「まあ！　公主様！」

僕より驚いた声を上げて女性を迎えたのは、呼ばれて慌てて現れた桜雪だった。

やっぱりだ。公主――つまりは彼女はこの後宮で生まれた姫様だ。

お父上は勿論、玄宗《げんそう》皇帝陛下。

言われてみると、どこかしら陛下の面影があるようにも見える。

絶牙《ぜつが》がそっと僕の袖《そで》を引く。

『武恵妃様《ぶけいひさま》のご息女、太華《たいか》公主様です』

彼はこっそり、お茶で濡《ぬ》らした指先で、お盆の上にそう書いた。

「あ……」

武恵妃様——つまりは貴妃様の前に陛下が寵愛《ちょうあい》されていた女性だ。兄上である寿王《じゅおう》李瑁《ぼう》様は、武恵妃様がご存命の頃は皇太子争いに加わるほど、陛下が目をかけていたというし、公主であるこの方も、さぞ陛下が大切にされているのだろう。

桜雪はかつて、公主達の教育係をやっていた。

桜雪のことは高力士《こうりきし》様も一目置いている。必然的に彼女が指南した女性達も陛下の秘蔵っ子ばかりだろう。もしかして彼女が指南した公主なのかも。

「いったいどうなさったのです？」

桜雪は僕に気を遣うように、困惑気味ではあるものの、嬉《うれ》しそうに言った。桜雪にとって好ましい女性なんだろう。

「ようこそお越しくださいました、太華公主様」

僕は改めて自分から彼女に挨拶《あいさつ》をした。

同じく教育係である桜雪に恥をかかせてはなるものかと、それはもう丁寧に行儀良く、粗相のないようにしきたり通りの挨拶をした。けれど、彼女はあっさりそれを無視した。

でも仕方ない。『作法』というのは、本当に高貴な人には必要ないのだ。従うのではなく、従わせる側の人達には。

そして僕は昔から、貴人につれなく振る舞われることには慣れている。

「桜雪を訪ねてきてくださったのですね。ちょうど哈密瓜《はみうり》が冷えております。お庭でいかがですか？」

『黙れ』『下がれ』と命じられたわけではない。だから気にせずに愛想良く、彼女を庭に誘った。

「……いいの？」

そこではじめて、彼女は僕をまっすぐ見た。

こうやって向き合うと、余計にお顔に陛下の面影がある。

「ええ、瓜がお好きでいらっしゃるなら、是非。生家から届いた李《すもも》もありますから」

庭の富貴花《ぼたん》はもう花が終わってしまいましたが……と庭に招こうとした僕に、公主は「そうじゃないわ」と頭《かぶり》を振った。

「そうじゃなくて、心配にならないの？　私が桜雪を貴女から取り上げに来たのかもしれないのに？」

え？　と僕は思わず瞬《まばた》きをした。

「公主様は……わたくしから桜雪を取り上げにいらっしゃったんですか？」

なんと！

確かに桜雪は近侍の女官としても、これ以上ない程に優秀だ。彼女のお陰で、僕の生活が成り立っていると言っても過言じゃない。

「だったらどうする？　桜雪を私にくれる？」

確かに彼女を側に置きたい気持ちはわかる。でも──。

「……それは困りました。わたくしも桜雪なしでは困ります」

「それはそうよね」

わかっているというように、公主は頷《うなず》いた。わかっているなら、そんな無理は言わないでくだされぱいいのに。

「でも別に……貴女のことはどうだっていいわ。それより桜雪、貴女はどうしたいの？　桜雪は私のこと大好きよね？」

公主が僕に背を向けて、直接桜雪に問うた。

「それは……勿論《もちろん》そうですが……」

桜雪はとても困った顔をしていた。

本来であれば、公主直々にいらっしゃって、こんな風に自分を所望されるのは誉れな事だろう。

相性の良い公主であるならば、余計に嬉しい申し出の筈《はず》だ。

でも彼女は高力士様から、華妃の入れ替わりを隠すという、重大な任を受けている。

僕は慌てて二人の間に割り込んだ。

「公主様。そういう事でしたら、一度お引き取り戴《いただ》きとうございます」

「どうして？」

公主が露骨に顔を顰《しか》める。

「ですが桜雪は優しい人です。公主様とわたくしの間で板挟みにさせるのは、あまりに不憫《ふびん》でございます。どうしてもと仰《おっしゃ》るならば、高力士を通してくださいませ」

半分は言い訳、もう半分は本心だ。桜雪には『華妃』と『太華公主』、どちらも大切なのがわかったから。

「どうして貴女にそんなこと言われなきゃいけないの？」

「お言葉ではございますが、桜雪がいかに主《あるじ》に忠実で、そして情の深い女官なのか、太華公主様ならばおわかりかと存じます。そんな彼女に『選べ』と言うのは酷な事ではありませんか」

「…………」

むっとしたように、公主がまた顔を顰めた。

「その上で、『決められたこと』であれば、わたくしも桜雪も、粛々と従わせて戴きます」

勿論本音は、従いたくなんかない。

ただ高力士様であれば、上手《うま》く桜雪を僕の下にとどめてくれるだろうし、もし無理でも、彼女の不在を埋める適任者を探してくれるだろう。

だからとにかく、この件は叔父《おじ》上にまるまるお任せするのが吉だ。そうすれば波風は立たずに上手く解決していただける筈……。

「じゃあ、それでもし桜雪を手放すことになっても、貴女は構わないの？」

「困るでしょうけれど……公主様がこのようにわざわざお越しくださったのは、今公主様も何かお困りなのかと」

理由はわからないけれど、そうでもなければ彼女が突然、こんな風に押しかけてきたりはしないはずだ。

「………」

公主は険しい顔で、しばらく僕と桜雪を睨《にら》むように見て――そして、諦《あきら》めたように唐突に息を吐いた。

「……瓜は嫌いよ。でも李は好き。だから食べながら話すわ」

庭を案内してよ。そう少し拗《す》ねたように公主が言った。

随分素直な人だ。気持ちがすべて顔に出てしまうみたいに、くるくる表情が変わる。

でも、何を考えているかわからないよりずっといい。

それに、何でもかんでも無理を押し通すような人ではなさそうだ。桜雪を見ると、彼女もほっとした表情で僕に頷きを返してきた。

まあ桜雪が好いている人なんだから、きっと悪い人ではないだろう。

「あ、ねぇ！　ちゃんと李は真っ赤なのにしてね、酸っぱいのは嫌いよ」

不安がないと言えば嘘になるけれど、この後宮でこんな無邪気な人に会うのは久しぶりな気がして、僕の顔には自然と笑みが浮かんでいた。

二

絶牙《ぜつが》や女官達が、大急ぎで庭の一角にお茶を用意してくれた。

ちょうど花と花の境目といった感じで、華やかさには欠けるけれど、吹く風は心地よく、庭木は綺麗《きれい》に整っている。

それに池にはやっと水花《はす》が咲きはじめたところだ。

一番綺麗に見える場所に日よけを広げ、絶牙の淹《い》れてくれた熱々のお茶と共に並べられた、李と瓜を囲む。

さっきまでは棘《とげ》を感じさせる雰囲気だった公主も、庭の陽気と甘酸っぱくて香りの良い果実のお陰で、随分機嫌を直してくれたみたいだった。

「ねえ、華妃は魚は飼わないの？」

唐突な質問だった。

「魚……池にですか？」

「ええ。鯉は懐いて可愛いし、お腹が空《す》いたら食べられるじゃない？」

「め……召し上がりますか……」

あっけらかんと言われて戸惑った。飼うだけならともかく、懐いた生き物を食べてしまうのは、少し可哀想に思わないのだろうか。

「華妃は鯉が嫌いなの？」

「いいえ……でも可愛がってしまうと、食べられなくなりそうです」

「そうかしらね。でも私、鯉も鶏も羊も、見るのも食べるのも好きよ？」

確かに鶏も、雛《ひな》の内なら可愛いけれど……。

「公主様は、その……大変快活でいらっしゃるのですね」

僕が慎重に言葉を選んで答えると、公主は軽やかに笑った。

「そうね。だから桜雪《おうせつ》はとても苦労したのよね」

「ええ……本当に」

桜雪が否定もせずに頷くと、公主は更に嬉《うれ》しそうに笑い声を上げる。

「でも子供の頃からずっと、突厥《とっけつ》や契丹にお嫁に行きたかったの。毎日馬に乗って、羊の世話をして暮らすのよ。楽しいでしょ？　弓で獣を射ったりもしたいわ」

「まぁ……」

これはなんとも……変わった公主だ。

だけど――でも僕も小さな頃、同じ事を考えた事があった。

姐《ねえ》さんが教えてくれた。雨の降る季節、どこまでも続く草原を風と共に馬が走ると、とても良い草の香りがするのだと。

彼女も誰かに聞いた話だと言っていたけれど、いつか二人で草原を駆けてみたいと思った。

でもそれは姐さん同様、貴人には叶《かな》わぬ夢だろうに。

「本当に……あまりに大変で、一番思い出に残っておりますわ」

桜雪が額を押さえながらしみじみ言った。まったくこの御姫様には、さぞかし手を焼いただろう。

「でも正直におっしゃい？　私が一番可愛い公主でしょ？」

大きな悪戯《いたずら》めいた瞳《ひとみ》を輝かせて公主が問う。桜雪が負けを認めるように微笑んで頷いた。

「わかるんだな、私。そういうの」

にんまりと嬉しそうに目を細めた公主が、僕を見た。面白そうに。

「貴女《あなた》も変な人ね？　翠麗《すいれい》」

「わたくしがですか？」

「ええ。今、楽しいと思っていたでしょう？　私と一緒にいて楽しいって言う人は少ないし、普通はこんな風に押しかけてきた私を嫌いになるはずなのに、貴女はそうじゃないでしょう？」

「それは……仰るとおりです」

確かに僕は、この突然の訪問者に驚きはしたけれど、既に興味がわいていた。

それはけっして悪意や、嫌いだという感情ではなく、『好ましい』という形だと思う。

「では公主様は本当に、人の心がおわかりなのですか？」

「なんとなーくね。子供の頃から私にも、お母様にも、色々な人が近づいてきたから。少なくとも、本当に私のことが好きかどうかってことくらいはわかるの」

「…………」

武《ぶ》恵妃のご息女。

女性であれば皇位を争うことはなかろうが、後宮で最も寵愛《ちょうあい》を得ていた妃嬪《ひひん》の娘とあれば、様々な思惑で人が近づいてきて、彼女を利用しようとしたのだろう。

「……だから、桜雪をご所望なのですね」

「だって私を嫌っている人を、側になんて置きたくないでしょ？」

それは確かに、公主の言うとおりだ。

「だから今桜雪を独り占めする貴女のこと、大っ嫌いって思ってたけれど——でも許すわ。話してみたら、貴女のこと全然嫌いじゃないもの。翠麗は優しい人ね」

「わたくしも不思議なのですが、公主様はとてもお可愛らしくていらっしゃいますわ」

そんな理由で態度を軟化させてしまう公主も公主だけれど、お人好《ひとよ》しさだったら僕も負けてはいないだろう。

自然と僕らはほほえみ合った。

「だからね、じゃあお庭で羊を飼いましょうよ、翠麗」

「……はい？　は？　羊？」

「そう。羊」

「こ……この庭でですか？」

「ええ。そうしたら、毎日遊びに来てあげるわ」

「毎日ですか……」

彼女が毎日来るのか……それはなんとも大騒ぎだけれど、もしかしたら退屈はしないですむかもしれない……。うーん……。

「やだ。貴女本当に私のことが大好きなのね。ここは、毎日なんて困るって、嫌がるところでしょう？」

「でも……きっとさぞ楽しいだろうと――」

答え終わるより先に、公主がまた楽しそうに笑った。大きな口を開けて。

桜雪はやれやれという表情だったけれど、なんだかんだで嬉しそうだ。

「じゃあ、羊を用意してよ。本当に毎日来てあげるわ……まあ、中秋くらいまでだけど」

「それだけですか？」

なんならもっとずっと来てくれたっていい。僕が姐さんのフリをしている間だったら。

だけど彼女は急に表情を曇らせて、首を横に振った。

「だって私……秋にはお嫁に行くの」

「まぁ、お輿入れ《こしいれ》ですか」

それは寂しいけれど、喜ばしいことだ――と思った僕の顔を見て、公主は露骨に顔を顰《しか》めた。

「なんにも嬉しい事じゃないわ。だって一番嫌な人のところに降嫁させられるのよ？　全部お父様とあの女のせいで」

「あの女？」

「決まってるでしょ。貴妃よ。お父様の心から、お母様の居場所を、私達から全部を奪った人。あの女のせいで私はもうすぐ、楊錡《ようき》に嫁がされるのよ」

「…………」

楊貴妃様への寵愛にかこつけて、楊一族が力を伸ばしているという話は、高力士《こうりきし》様から聞いた事があるけれど、こんな風に露骨に陛下の血筋に手を伸ばすとは。

それもただの婚姻ではない。

貴妃様は元々彼女の兄の下に嫁いでいた人なのだ。

陛下のお望みであったとはいえ、兄を捨てて父の妃《きさき》にのし上がった女性の親戚《しんせき》に嫁ぐというのは、あまりにも……。

「だからせめて、桜雪を近侍に置きたかったのよ。桜雪だったら、できる限り私を嫌なことから守ってくれるはずだから」

「そういうことでございましたか……」

確かに嫁いだ後は、何かと今とお役目が変わるだろう。そんな時に桜雪が側にいてくれるのはさぞ頼もしいだろうとは思う。思うけれど……。

「……桜雪のこと、高力士に頼むわ。貴女は困るかもしれないけれど、ごめんなさいね」

「いいえ……」

「もしそれでも……貴女は友達になってくれる？　翠麗」

「勿論《もちろん》ですわ。わたくしで宜《よろ》しければ」

それに多分、高力士様が桜雪を僕の近侍から外すことはないだろうと思う。謝るのは僕の方かもしれない……。

「じゃあ、とにかく高力士に聞いてみるわ。また明日《あした》ね！」

そこまで言うと公主は来た時と同様、唐突に慌ただしく帰ってしまった。

まったく、嵐よりも騒がしくて、突風のような人だと思った。

けれど彼女の言うとおり、僕は公主を嫌いにはなれそうにない。あんなかわいらしい方なんだから。

「……生きている羊って、どうしたら連れてくることが出来ますか」

「ええ⁉　本当にここに連れてくるおつもりですか⁉」

「だって……本当に楽しそうじゃないですか？」

「そ……それは、そうですけれど……」

桜雪に問うと、彼女はびっくりしたように僕を見て――そして桜雪らしくないほど楽しそうに、庭に笑い声を響かせたのだった。

三

なんでも言ってみるものだ。

僕の――正確には公主のわがままはすんなり通って、翌朝には僕の部屋の庭に、ふかふかと丸い羊が届けられた。

勿論生きている、大人の羊だ。

「もっと小さいのが良かったのに」

昨日宣言したとおり、また今日も僕を訪ねてきた公主は、のんびりと庭草を食《は》む羊を見るなり、なんだか不満そうに呟《つぶや》いた。

「わたくしもそう思ったのですが、大きい羊しかいなかったそうです」

でも確かに思っていたよりもずっと、羊は大きい。

そして顔も案外怖い。特に目が……なんだか他の動物とは違う目をしている……。

「…………」

そしてずっと、ずーっと同じ場所にぼうっとたたずんで、時々思い出したように草を食んでいる。僕と公主はまた庭でお茶を囲みながら、つかの間それを眺めた。

「羊って全然動かないのね……」

まるで時間が止まったように動かなくなる羊に、公主が呆《あき》れたように呟いた。

「犬にでも吠《ほ》えさせたら良いのかしら？」

「犬でしたら部屋におりますが……可哀想ではありませんか？」

気乗りしない調子で答えた。とくに白娘子《はくじょうし》は暴れん坊だ。彼女に吠えさせるなんて羊があまりにも可哀想だし、動かないとはいえ体の大きな羊相手に、白娘子が怪我をしてしまうのも心配だ。

「まあいいわ。ほら……こっち。美々《メイメイ》いらっしゃい」

しびれを切らしたように庭の適当な草を引き抜いて、公主が羊を歩かせようとするのを、僕は見守った。

羊は時々、乱暴に頭突きをしてくる事があるというけれど、大丈夫だろうか……そんな心配をしながら、『妹』がいるというのは、こんな気持ちなのだろうかと思った。

実際は多分、彼女の方が僕より少し年上だと思うけれど。

やがて彼女は僕の視線に気が付いて、にっこりと笑い返して来て——そして僕の隣で、お茶菓子の準備をしてくれていた桜雪《おうせつ》を見て、急速に表情を曇らせた。

「……高力士《こうりきし》が、桜雪を連れて行くのは駄目だって」

やがて桜雪が一度部屋の方に戻る背中を見送って、公主がぽつりと呟いた。

「そう……でしたか」

そうだろうとは思っていたので、そんなに心配もしていなかったのだけれど。でも……。

「ほっとした？」

「そうですね、半分は」

「じゃあもう半分は、私を心配してくれているの？」

「はい」

勿論だ。せめて代わりによい近侍を探してくださるように、叔父《おじ》上に僕からもお願いしなければ。

「……翠麗《すいれい》は本当にいい人ね。貴女《あなた》が皇后になるなら私、きっと嫌じゃなかったわ」

もしそうであったなら、この婚姻はなかったかもしれないし、彼女にとってここまで嫌なものにならなかったのかもしれない……。

「……何かお力になれることがありましたら、なんでも仰《おっしゃ》ってくださいま――」

「本当に？」

まだ言い終わるよりも先に、彼女が僕の顔を覗《のぞ》き込むようにして言った。

「え、ええ」

その近さにドギマギしている僕を尻目《しりめ》に、じゃあ、と公主が羊を指さした。

「……じゃあ、お散歩しましょうよ。後宮の中を歩きたいわ」

いったいどんな思いつきなのか、公主の希望で僕たちは、羊を紐《ひも》で引っ張るようにして、後宮の庭を練り歩いた。

「もう、ちゃんと羊を歩かせてよ。散歩にならないでしょ？」

公主が呆れたように言った。とはいえ相手は羊だ。全然思ったようには歩いてくれなくて、紐を持つ絶牙《ぜつが》は四苦八苦している。

「…………」

絶牙が無言で、心の中で何か悪態をついた。多分だけど。公主はそんな絶牙を、なんだか急に無言で見上げた。

「公主様？」

「反抗的な宦官《かんがん》ねって思ったけれど……よく見たらお前、とても綺麗《きれい》な顔をしているのね。翠麗、桜雪の代わりにこの宦官を頂戴《ちょうだい》よ」

「え!?……え、えと」

だからそういう事は、高力士様に……。

「ちょっと、お前どうして今『嫌です』って顔をしたの？　私だって可愛いでしょう!?」

だけど僕が言うより先に、絶牙の表情を読んだらしい公主が、不満そうに唇を尖《とが》らせた。

「ずるいわ。みんな翠麗のことが好きなのね。私には誰もいないのに」

「…………」

公主が呟いた。それは嫉妬《しっと》や不満というよりも、寂しさを滲《にじ》ませた表情だったので、胸がチクリとした。

「でもわたくしは、公主様のことが好きですわ」

こんなことを言っても意味はないだろうけれど、我慢できなかった。それに本当に好かれているのは姐《ねえ》さんの方であって、僕じゃない。彼女の寂しさもなんとなくわかる。

「……そうね、貴女は私のことが好きなんだから、それって貴女のことを好きな人は全員、私のことも好きってことよね？」

「へ？」

「そうでしょ？　そういうことにするわ。だからこの失礼な宦官も許してあげるわ」

顔もいいし、と付け加えて、公主は一人で納得したようだった。

公主はとにかくとても切り替えが早いし、前向きな人だ。

思うように行かない狭い鳥籠《とりかご》の中でも、上手《うま》く囀《さえず》れる歌を探すのが得意な小鳥。

「ねえ、それで——どこなの？」

羊の頭と鼻先をカリカリと撫《な》でてやってから、すっかり機嫌を直したように、公主が僕を振り返った。

「はい？」

何のことだ——と、思わず瞬《まばた》きをしてしまった。

「だからあの人よ。あの人の部屋はどこ？」

「え？　ええと」

あの人……？　いったい誰……と悩みかけて、はっと気が付いた。公主の顔がやけに険しく顰《しか》められている。つまり……。

「あの……貴妃様のお部屋ですか？　どうして彼女をお訪ねに？」

しかもこんな羊を連れて？　いや、むしろこの羊に意味があるのか？　まさか嫌がらせに――。

「違うわよ。そうじゃなくて貴女のお友達の方よ」

「わたくしの？」

ほっとしながら答える。とはいえこの後宮で僕の、いや翠麗の友人とは誰だろう？

「ええ、そう。最近仲が良いってお姐様達が噂しているのを聞いたわ」

噂……？　そこでまたはっとした。

「もしかして毒妃様のこと、ですか？」

「会いたいわ。連れて行って」

「え？」

「面白い人なんでしょう？」

面白い人かと言われれば、なんというか……個性的な人ではある。けれども。

「あの……でもこの時間は、毒妃様はまだお休みなのです……」

「こんな時間なのに？」

「はい。むしろこの時間だからです。毒妃様は太陽の光が苦手なのです。火傷《やけど》をしてしまうのですって」

まだ夕暮れまでは少しある。ドゥドゥさんはぐっすりの時間だろう。

「それって別に、部屋から出なきゃいいのでしょ？　いいから連れて行って」

「えええ……」

そりゃ火傷はしないかもしれないけれど……お休みだって言っているのに、そういうところは気にしてくれないらしい。

仕方ない……他力本願ではあるけれど、とりあえず連れて行って、女官に断って貰《もら》おう……。

結局羊はまったく動かなくなってしまったので、絶牙は羊を抱えて歩き出した。

なんという荒技か……とはいえ歩こうとしない羊を、ぐいぐい紐で引っ張るのも可哀想だったので、単純に絶牙は優しさからそうしたのかもしれない。

だけどその美しさもあってか、立っているだけでなんだか目立つ太華《たいか》公主と、更にその後ろでなぜだか羊を抱えた絶牙、そしてそんな二人を先導する僕……というのは、後宮内でとても人目を引いている……気がする。

「毒妃様はともかく、どうして羊を連れてきてしまったんですか……」

「あら、ただの散歩って言ったら、桜雪達もついてくるって言いそうでしょ？　それに羊と散歩って面白いじゃない」

確かに羊を散歩させると言ったら、桜雪はお供を絶牙にさらっと押し付けていた。羊は珍しいし、可愛いけれど、散歩には向かない動物なのがわかったし、だからみんな後宮で愛玩《あいがん》羊は飼わないんだろうという結論に至った。僕は確かな学びを得た。

でも恥ずかしい……ああ恥ずかしい……。

いっそ羊と公主を置いて逃げてしまいたい衝動に駆られつつ、それでも寸前で我慢して、僕らはとうとうドゥドゥさんの住む、掖庭宮の外れにたどり着いた。


「は？　羊？」

当然ながら、迎えてくれた女官は、この奇妙な来客にきょとんとした。

「あ……あの、こちらの太華公主様が、毒妃様にお会いになりたいと……」

「ドゥドゥはまだ寝ております」

「別にいいでしょ？　寝衣のままだって気にしないわ。起こしなさいよ」

無理やりぬっと間に入ってきた公主に、女官が顔を顰めた。

「太華公主です。武《ぶ》恵妃様のご息女の」

「…………」

ドゥドゥさんの女官が、『なんでそんな人を連れてきたんだ？』という風に僕を睨《にら》んだので、慌てて頭を下げた。

「す……すみません……」

「華妃。正一品《しょういっぽん》の貴女が、女官に頭を下げてはいけません。それは正しい事ではないわ。

そもそもなんと不遜《ふそん》な女官かしら」

「そ、そうですけれど……」

でも僕は本当は、位も何ももたない、『玉蘭少年《ぎょくらん》』であって、ドゥドゥさんの女官はそれを知っているのだ。

けれど僕は今は『華妃翠麗』でもあって――結局、ドゥドゥさんの女官は溜息《ためいき》一つ残して折れてくれた。

「では、どうぞ。本当にまだ寝ておりますが」

その為に急いで支度なんてさせませんよ、という明らかな拒絶をもって、ドゥドゥさんの女官が僕らを招き入れる。

部屋はまだ夜のように暗く、女官が明りを灯《とも》してくれると、まぶしそうにドゥドゥさんが目を開けた。

「なんじゃ……騒がしいの……」

「武恵妃様のご息女が、貴女《あなた》に用ですって」

女官が言うと、公主は「口の利き方を知らない女官ね」とますます顔を顰めた。

でも女官といっても、ドゥドゥさんのお世話をする為だけに女官になることを許された、ドゥドゥさんの母親の友人で、ドゥドゥさんにとっては母と姉妹の杯を交わした義理の叔母《おば》……という人なのだ。

普段から二人の間に上下関係はないように見える。

「公主が……？」

ドゥドゥさんが仕方なくという風に体を起こす。さすがに僕と絶牙がいる事に気が付いて、彼女は少しだけ僕らに下がるように言った。

「別に着替えなくて良いのよ。長話をしたい訳じゃないの。貴女がすぐに話を聞いて、それに応《こた》えてくれたら、私もすぐに帰るわ」

「吾《われ》になんの用があると……？」

眠そうな目をこすりながら、ドゥドゥさんがあくびをする。

公主が頷《うなず》いた。

「簡単なことよ――つまり、貴女に、私を殺す毒を用意して欲しいの」

四

「な、なんてことを仰《おつしや》るんですか⁉」

『私を殺す毒を用意して欲しいの』

僕は公主の口から発された言葉に驚いて、危うく灯《あか》りを倒してしまいそうになった。

「そ、そのようなことは、絶対に駄目です。自分をだなんて！」

「ああ……言い方が悪かったわ。一時的に、一時的によ？　死んだようになる毒を用意して欲しいの。貴女の一族はその方法を知っているんでしょう？」

慌てる僕を制するように、公主が言い直す。

ドゥドゥさんが低く唸《うな》った。

「そのようなものを、なにゆえ必要なので？」

「眠るためよ。死んだように」

「眠りたいだけならば、太医でもそのような薬を――」

「そんなんじゃ無理なの。もっと強いのが良いのよ。私、これから大嫌いな人に嫁ぐんだから」

「ほう？　つまり死んだふりをして、逃げるおつもりか？　もしくは誰ぞと心中のまねごとを――」

「そんな事上手《うま》くいくわけないでしょ！　逃げられないわ。私も後宮で生まれた女よ。私の体は政《まつりごと》。この国の一部。この結婚からは逃げられないに決まってるわ！」

強く、はっきりと公主は答えた。悲しいほどしっかり、彼女は自分の立場をわかっているようだった。理不尽な世の中を。

「であれば何のために――」

「だから言ってるでしょ。眠るために。夫婦になれば……夫と夜を一緒に過ごさなきゃいけなくなるでしょう……」

ああ、そうか……僕ははっとした。ドゥドゥさんもだ。

「嫌なのよ……私の体は私だけのものよ。だからせめて、夫の隣で眠る時は死んだように意識を無くしていたいの。一秒だって触れられた記憶を残したくない……そういう薬を知っているのでしょう？　貴女の血筋は、その毒を守って生きてきたって聞いてるわ」

それをどうしても回避できないのであれば、せめて何もわからないようにして欲しい……なんて、そんな悲しくて辛《つら》い話、あるだろうか。

逃げられない運命の中で、それでも『自分』を守りたいという強い願いが、胸に痛い。

「麻沸散《まふっさん》の事を仰っているならば、確かに吾《わ》が一族は代々、その作り方を守ってきておりまするが、これは公主の思うような、都合の良い毒ではありませぬ」

麻沸散――はじめて聞いたその毒は、人の意識を完全に失わせてしまう毒。使えばたとえ体を刃《やいば》で切られたとしても、痛みを感じずに眠り続けてしまうと、毒妃は薄く笑って言った。

でもそれ故にその毒は強く、危険と隣り合わせなのだという。

「麻沸散は使い方を間違えば、心の臓が動くことを忘れ、息もできなくなってしまいまする」

「それはつまり……駄目だって言うこと？」

「一度使っただけで、本当に永久の眠りにつかれることもありますゆえ」

「別に、それならそれでもいいわ」

「良くはありませぬ。吾はこの後宮の毒妃。毒を与える者ではありませぬ。毒を後宮から駆逐する妃《きさき》でありまする。公主の身を害するような薬は、一切お渡ししかねまする」

ドゥドゥさんがきっぱりと言った。

「でも、成功することだってあるんでしょう？　ちゃんと使い方を間違えなければ良いって事よね？　だから私、羊を連れてきたわ。そこの宦官《かんがん》でも良いかな？　って思ったけれど、翠麗《すいれい》が困りそうだし。とにかく羊に試して、安全な方法を覚えれば――」

「人と羊は違いまする」

と、ドゥドゥさんは絶牙《ぜつが》を見て首を横に振った。

「この犬は体も大きく強靭《きょうじん》で、公主の身代わりになりませぬ。それに公主は眠ってしまう。実際にそれを用意して貴女に使うのは、公主の近侍の仕事になりましょう」

「わかってるわ……だから、それを頼める一番信用できる女官を探しているところよ」

「つまり女官に毒を使って試すのではなく、公主が探していたのは……」

桜雪《おうせつ》を毒の実験台にするのは困る。でも、公主の望みはそうじゃないのか。

「それなら別に、誰だっていいでしょう？　嫌だけど」

彼女が探しているのは自分の命令に忠実に従い、そして公主自身が命を預けられる、信頼できる近侍。

そうか、だから公主は桜雪を……。

「とにかく、私が私の責任で私に使うのよ。貴女に迷惑だってかけないようにするわ」

公主はなおも食い下がって、必死にドゥドゥさんを説得しようとしていたけれど、ドゥドゥさんは『できませぬ』の一点張り。

それでも公主はなかなか諦《あきら》めなくて、二人はしばらく押し問答を繰り返したけれど、ドゥドゥさんは頑《かたく》なに折れなかった。

『毒妃』は一緒にいるだけで空気を毒に変えてしまうだとか、後宮の妃を毒で殺してしまうだとか、不名誉な噂はまだ後宮の中でくすぶっている。

その人達に、彼女のこの強い意志を知らしめたいと思った。どれだけ強い意志で、ドゥドゥさんが毒と対峙《たいじ》しているかを。

――結局、諦めたのは公主の方だった。

「……わかったわ。融通の利かない人だと思ったけれど……だからこそ貴女のことを、お父様や高力士《こうりきし》は信用しているのね。翠麗も。悔しいけれど、私も貴女のことは信用できるもの」

溜息と共に公主が呟《つぶや》くと、その目から一筋涙がこぼれた。

ドゥドゥさんだって、そんな公主に冷たくしたい訳ではないのだろう。でも、それでも彼女は、公主に毒は渡せないのだ。

「…………」

お詫《わ》びのように、ドゥドゥさんが床で拝した。

「いいのよ。貴女が悪いんじゃないんだから……無理を言ってごめんね、毒妃」

諦めたように公主は立ち上がり、「お詫びに羊はおいていくわ」と言った。

羊をおいていかれては困るんじゃないかと、咄嗟《とっさ》に女官を見たが、彼女もなんとも言えない顔をしていた。そりゃそうだ。それにこの羊を用意したのは僕だし……（正確には桜雪だけれど）。

とはいえ、羊は確かに毒の実験に使えるらしい。ドゥドゥさんは「ありがたく頂戴《ちょうだい》いたしまする」と言ったので、絶牙は帰り道は羊を背負わずに済んだ。

ドゥドゥさんの部屋を後にして歩き出すと、公主は静かだった。

「……最初からすべて話してくだされば、わたくしも何かお手伝い出来たかもしれませんのに」

桜雪のことも、羊のことも、絶牙を羊の代わりにと一瞬考えていたことも、ドゥドゥさんの部屋で聞かされるまで、僕は何もわかっていなかった。

何より彼女が、自分に毒を使おうとしている事も。

「貴女《あなた》は優しそうだから、言ったら反対したでしょう？」

「それは……」

「それに、貴女は我慢したんでしょう？　お父様を」

「え？」

「本当に後宮に上がって、本当にお父様の妃嬪《ひひん》になりたかった？　そうじゃないでしょう？　貴女だって全部我慢して、華妃になったんでしょう？」

「そんなことは……」

「いいのよ。言ってくれなくても、ちゃんとわかってるから」

そう一人で納得したように言うと、公主は話を終わらせてしまった。

翠麗は……翠麗も、そうだったのだろうか？　本当に？　彼女は陛下をお慕いしていたんじゃなかったんだろうか……。

「でも貴女の言いたいこともわかってるわ……嘘をついてここまで連れてきてごめんね、翠麗」

「いいえ……これも貴女のせいじゃありません、公主様——違いますか？」

そもそも、彼女は望まない婚姻を強いられているだけなのだ。

彼女は苦笑いで頷《うなず》いて、そして溜息《ためいき》を一つこぼした。

「あーあ。いっそ安禄山《あんろくざん》だとか、遠くの節度使に嫁がせてくれたら良いのに。どうしてよりによって楊《よう》家なのよ……」

それはそれで大変苦労をしそうだけれど、むしろ彼女なら、その苦労を喜びそうだとは思った。

「いいわよね、お父様は。貴妃みたいに自分の好きな人ばっかりを側に置けて。私も本当に私を好きで、私も大好きな人と生きたいわ。それが長安の街でも、遠い荒野でも」

「……貴妃様に相談してみましょうか？」

「なんですって？」——

思った以上に、棘《とげ》のある声が返ってきて、僕は少し慌てた。

「貴妃様から陛下にお話しくだされば、もしかしたら……と思いまして」

「……貴妃にそこまでの力があるとは思えないし、あの人に頼るなんて嫌だわ……それなら毒を飲む方がずっとましよ」

「そのようなことは……」

「それに……きっともう遅いわ」

「遅い？」

嫁がれるのは中秋……であれば、なんとかすれば間に合うのではないだろうか？

「実際に嫁ぐのは秋だけれど、明後日《あさって》の馬球大会には私も彼も出るの。お父様はその席で、楊錡《ようき》を駙馬都尉《ふばとい》にすると周囲に示すおつもりよ」

駙馬都尉――それはつまり、公主の配偶者を表す官位だ。

「つまり、もう時間はないと言うことですか……」

でも、本当に方法はないだろうか？　僕には高力士様もいる。それにこのところ、僕は陛下の覚えもめでたい。どうにかして婚姻を遅らせたりする方法はないだろうか……。

真剣に考えていると、不意に公主が僕の首に腕を回してきた。

「いいのよ。大丈夫……貴女にどうにかする力があったら、そもそも貴女は後宮なんかにいないでしょう？」

「あ……」

「それでも心配してくれる貴女が好きよ、翠麗。明後日は特別に、私の友達として貴女を馬球大会に招待するよう、お父様にお願いするわ。来てくれるでしょう？」

「も、勿論《もちろん》ですわ、公主様」

ぎゅっと僕を抱きしめた公主の、その体の柔らかさに僕は驚いて、慌てて体を離した。すらりとした体形は、翠麗とそんなに……つまりは僕ともそんなに変わらないと思ったのに、公主は柔らかかった。

ごつごつ硬い僕の体とは大違いだ。抱きしめられて、男と気が付かれたりしなかっただろうか……。

慌てる僕を公主は少しだけ不思議そうに見たけれど、どうやら僕の態度に驚いただけのようで、僕が男とは気が付かなかったらしい。

親愛の情で抱きしめてくださったのに、それを無理やり離したものだから、拒まれたような気持ちにさせてしまったようだ。

けれど彼女は聡明《そうめい》な人だ。気をつけなければならないと思った。

「あの……失礼致しました、でもわたくし――」

「いいの、私が失礼だったのよ。ねえ、それより私、馬球が上手《うま》いの。明後日は楊家と皇子・公主の対戦なのよ。貴妃にも楊錡にも私は逆らえないけれど、せめて馬球では完敗させてやるわ。見ていてね！」

「まあ……」

不敵に笑う公主を見て、ああ……この人は本当に強い、と思った。

自分の心を守るのが上手い人なのだ。不条理な環境にただ屈しはしない、強い心の持ち主なのだ。

「わたくし、公主様を尊敬いたします。心から応援いたしますわ」

さっき抱きしめられたことを拒んだ代わりに、彼女の手をぎゅっと握って伝える。

「翠麗……貴女は本当に私のことが好きね」

太華《たいか》公主はそう言って、嬉《うれ》しそうに、ぱっと笑った。

五

楊《よう》貴妃様は、この後宮で唯一の寵《ちょう》を得ている女性だ。

陛下がどれだけ貴妃様に心を砕いて、彼女に全身全霊を捧《ささ》げていらっしゃるか、この僕にだってわかる。

公主はあんな風に言ったけれど、貴妃様にお願いしたら、少しは何か変えられるんじゃないかと思った。

とはいえ桜雪《おうせつ》も首をひねった。

「難しいとは思いますが……」

「そういうものなんですか？」

「そうですね……妃嬪にも出来ることと出来ないこと、許されていること、許されないことがありますから……」

つまりこれは、出来ないことで、許されないことなのだろうか。

それでも無理を承知で、明日《あした》貴妃様に直接お話ができないかと申し入れたけれど、どうやらお忙しそうだ。

貴妃様も明後日の馬球大会に出場するらしい。そのための準備もあるのだろう。

仕方なく文にしたためて女官に託すと、夜遅くに返事が届いた。


『楊錡《ようき》お兄様はお優しくて、善良な方です』


手紙に書かれているのはそれだけで、僕は消沈した。

やっぱりこの婚姻は、避けられないものなのか……。

一晩中悩み続けたけれど、答えが見つからないまま夜が明けてしまった。

約束通り僕にも馬球大会の招待状が届いた。

そうなると、明日の準備の為に、僕も大忙しになってしまった。

前日から肌を磨かれ、入念に髪を洗われてつやを出し、爪を綺麗《きれい》に整えられた。茴香《ういか》は纏《まと》う襦裙《じゅくん》の色合わせに悩み、やれ髪型はどうするか、やれ髪飾りはどうするかと、とにかく部屋中が大騒ぎになってしまって、僕は一日そちらに振り回されてしまった。

実際に大会に出席するのは明日だって言うのに……。

出来れば貴妃様と話したかったたし、高力士《こうりきし》様にも伺いたかった。公主にもう一度お会いしたかった。

でもその願いも叶《かな》わないまま、また夜が明けて、とうとう馬球大会当日になってしまった。

馬球は敵味方に分かれた選手達が馬を駆り、毬杖《きゆうじよう》を使って馬上から小さな玉をたたき合い、球門に玉をくぐらせる事で得点が入る競技だ。

男性だけでなく、胡服《こふく》や軽鎧《けいがい》を纏って参加する女性も多い。

美しい馬を持つ貴人の遊戯だ。

今日は楊家軍と皇太子軍の対戦と言うことで、辺りは殺気立っているような気がする。

娯楽というには、いささか今日の試合は政治の匂いが強いからだろう。

特に皇太子軍からは、絶対に楊家には負けないぞという、強い意志が感じられた。

対して楊家は随分と余裕がありそうだ。

しかも皇太子軍は、女性が公主一人なのに対し、楊一族は貴妃様を含めて三人。

手足の長さや体力を考えると、やはり楊軍は不利だろう。

そしてそれが余計に、皇太子軍の怒りを買っているのだろうと思った。まるで真剣に挑んでいないか、もしくは皇太子軍を軽視しているか。

どちらにせよ気分の良いことではないのだろう。

その中でいっとう殺気立っているのは太華《たいか》公主で、胡服で馬にまたがる凜《りん》とした横顔は勇ましく、そして美しかった。

僕は今日は高力士様の隣に席を用意されていたけれど、本来更にその隣にいるべき陛下が、貴妃様の方に行ってしまったので、高力士様も同行せざるを得なかった。

絶牙《ぜつが》は控えているものの、一人で席に残された僕は、馬球場の人の中から必死に楊錡氏を探そうとした。けれど僕には貴妃様ぐらいしかわからなかった。

「どちらの軍を応援しておいでですかな」

不意にそう声をかけられ、振り返ると、そこに立っていたのは身なりの良い宰相だった。

何度か見たことがある、確か……。

「わたくしは今日は公主様の応援で参りましたから。李林甫《りりんぽ》様はどちらを応援していらっしゃるのですか？」

「それは勿論、皇太子ですよ」

ふふ、と笑って答えが返ってきたと言うことは、やはり彼は李林甫氏で間違いないのだろう。

唐朝の宗室出身――つまりは貴族らしく、彼はとても柔和な物腰で答えた。成り上がりの楊国忠《こくちゅう》氏とは、僕も一度しか会ったことがないとはいえ、彼は対照的な優雅さだと思った。

いかにも生地のよい服と、まるで女性のように品良く漂う香の馨《かお》り。

容姿端麗、頭脳明晰《めいせき》、痩身《そうしん》優美――と、この三拍子揃った宰相は彼一人だろう。

同じく女官達から人気の高い楊国忠氏と李林甫氏は、お互い反目し合っていると聞いている。

『口に蜜《みつ》あり腹に剣あり』と噂されるだけあって、なるほど女官達に人気があるのもうなずける。

――尤《もっと》も、僕に言わせてみれば、武人としても鍛えられている絶牙の方が、凜々《りり》しく恰好《かっこう》良いと思うのだが。

それにその瞳《ひとみ》は常に笑いの形に細められていて、本当に何を考えているのかわからない恐ろしさがある。

「お一人では心細いでしょう。高力士が戻るまで、この李林甫がお側をお守りしても？」

彼が恭しく僕の手を取って言ったので、ぞわっと寒気がしたけれど、とはいえ熱気に満ちた会場で李林甫氏が一緒というのは、確かにそれはそれで心強いだろう。

「まぁ、嬉しゅうございます。近侍と二人きりで、どうしようかと途方に暮れていましたの」

「まったく高力士は、こういうところが甘いのですな。そういう時は遠慮なく私をお呼びください。いつでも駆けつけます」

「本当ですか？　なんと頼もしい。李林甫様はお優しくていらっしゃいますのね」

愛想笑いを返すと、隣に腰を下ろした李林甫氏が、やけに距離を縮めてきた。

「いくらでも優しくいたしますよ。この李林甫、貴方《あなた》がお望みくださるならば、如何様《いかよう》にも従います」

「はぁ……」

何を考えているのか……李林甫氏の手が僕の指先に伸びた。

気味の悪い熱さの掌《てのひら》だと思った。

「……わたくしが誰だかわかっていて、そのようなことを仰《おっしゃ》るのですか？」

「勿論《もちろん》です、高華妃」

李林甫氏が微笑んだ。華やかな笑みだと思った。

「わたくしに触れて良いのは陛下だけですが」

「わかっておりますよ。申し上げたでしょう？　私は貴方の望まないことはしませんよ――ただ、貴方に何かが必要な時、私は最もそれにお応《こた》え出来るとお伝えしたかっただけです」

彼は手を離すどころか、更に強く僕の手を握った。しかも巧妙に、後ろに控える絶牙から見えない位置で。

「わたくしは、貴方に何も望みません」

「そうですか？――例えば今も空いたままの、皇后の席だとか」

ちょうど試合が始まった。その喧噪《けんそう》に紛れて李林甫氏が言った言葉に、僕は心臓がどきんとした。

「いかがでしょう？　この李林甫、貴方の欲しいものを手に入れるだけの力は、備えてきたつもりですが」

富と名誉、地位を備えた美しい男から、こんな風に言い寄られた時、妃嬪《ひひん》はどうするのが正しいのだろう。

彼の声は蜜のように甘く、僕の指の間に這《は》うように伸ばされた指先は燃えるように熱い。

姐《ねえ》さんならなんと答えるだろう。

姐さんは何を望むだろう――はじめて『姐さんの答え』が、僕の中に見つからなかった。

「……どうしましょう、周りの音が大きすぎて、貴方が何を仰ったのか、まったく聞こえませんでしたわ」

だから僕は、姐さんが一番得意だった、可憐《かれん》な笑顔を返してみせた。

はぐらかすように。

「それより李林甫様。わたくし楊家の皆様がわかりませんの。教えて戴《いただ》けまして？　楊軍は貴妃様の他に、女性が二人もいらっしゃるのですね？」

僕は努めて無邪気な声で李林甫氏に問うた。

「……ええ、そうですね。楊軍は本当に女性が勇ましいことです。貴妃様はおわかりでしょう。あとは姐上《あねうえ》達です。貴妃様の父、楊玄琰《げんえん》の次女・虢国《かくこく》夫人と三女の秦国《しんこく》夫人。今日は試合には出ていませんが、長女の韓国《かんこく》夫人と合わせて、三国夫人と呼ばれております」

「なるほど……貴妃様の姐上なのですか」

「まぁ、実際は血が繋《つな》がっていないようですが、態度だけなら貴妃より大きい。我が物顔ですよ。そして虢国夫人と又従弟《またいとこ》の楊国忠のふしだらな関係は、『公然の秘密』です」

「まあ……」

「揃いも揃って、この大唐に吸い付く蜱《だに》ですよ」

吐き捨てるように李林甫氏が言った。夫人達を見つめるまなざしには、明らかなる侮《ぶ》蔑《べつ》と嫌悪が宿っていて、その冷ややかな横顔に、初めて彼の素顔を垣間《かいま》見た気がした。

「では、楊錡氏はどなたでしょうか？」

「楊錡？　ああ――それなら、今ちょうど球を支配している男です。楊家の中では随分まともな方ですね」

李林甫氏が指さした。楊一族は、比較的みな整った容姿をしているので、その中では凡庸な顔立ちかもしれない。けれど優しそうで、そして体が大きく、姿勢がとてもいい。なかでも馬を駆る姿が美しい人だと思った。

「そう……本当に悪い方ではないのですね？」

「まあ、故にあまり印象自体がありませんが、楊一族では珍しく、野心の少ない男ではないかと思います——華妃はああいった男が良いのですか？」

なんだか妙に不機嫌そうな声が返ってきた。

「李林甫様はおかしなことを仰いますのね。わたくしにとって陛下以外の殿方など、みな言葉を話す瓜《うり》と同じですわ」

「それは私もですか？」

「勿論です。李林甫様はよく熟れて、赤い口を開けた瓜です」

答えた途端に李林甫氏は声を上げて笑った。

「なんという……瓜と同じなどという酷《ひど》い侮辱を受けたのは、この李林甫、人生で初めてです」

言いながらも彼は、ははは と笑いを堪《こら》えられないようだ。しかも、てっきりあまりの怒りに笑っているのかと思ったら、逆になんだか嬉《うれ》しそうで、僕はこの李林甫という人が、まったくわからなくなった。

そっと後ろを見ると、絶牙はとても険しい顔をしていた。

相手は貴族の官僚、刃向かえば勿論彼の立場は危うくなるが、絶牙は僕を守るためにここにいる。

もし何かおかしなことをしようとするなら、彼は相手が李林甫氏でも、剣を抜く覚悟だろうと思った。

勿論、今、その必要はない筈《はず》だ。僕はそっと目を伏せて、大丈夫だと絶牙に合図した。

試合は前半を終え、半刻《はんとき》ほど休憩の時間がもたれた。

得体の知れない李林甫氏は、しっかり僕の隣から離れずに、楊一族の噂話やあれこれを聞かせた。おそらく僕を自分と同じように、楊一族と反目させたい思惑なのだろうと思った。

話半分に聞き流していると、公主が再び馬にまたがって現れた。

手には玉と毬杖《きゅうじょう》を持って。

楊家の選手たちは馬たちに水を飲ませ、愛馬をいたわってやっている——と、突然公主が走り出した。

「太華公主様……？」

そうして彼女は楊錡氏の目の前に玉を打ち、彼に向かって毬杖の先を向けた。挑発するように。

会場が、どっと歓声に沸いた。

馬に水をやっていた楊錡氏が、その挑発を受けるように玉を打ち返したのだった。

公主は不敵に笑って、今度は勢いよく玉を球門にたたき込んで、駆け出した。

楊錡氏は再び愛馬にまたがると、その後を追っていく。

「やれやれ……あの気性は、さすが武《ぶ》一族のご息女ですね」

李林甫氏が呆《あき》れるように呟《つぶや》いた。

「武恵妃様も、お強い方だったのですか？」

「陛下は女性の趣味が大変宜《よろ》しくていらっしゃるから」

明言を避けるように言って、李林甫氏が薄く笑う。

女性の趣味が良い──それは本心なのか、それとも皮肉だったのか、僕にはわからなかった。

その時、何度目かの歓声が上がった。

慌てて試合に向き直ると、どうやら公主が、楊錡氏から玉を取り返したらしい。

二人はそのまましばらく、馬上から玉を奪い合っている。

なんとか再び楊錡氏が玉を奪い、そのまま駿《しゅん》と駆けて球門にたたき込むと、負けじと次は公主が打つ。

とくに公主の勢いには鬼気迫るものがあって、会場はやがて二人の応酬を見守るように静かになった。

他の両軍の選手も、二人の勝負を見守っていた。

既にこれは、二人の試合になっているのだ。

──が、勝敗は案外早くつきそうだと思った。

まだ悠々と馬を駆る楊錡氏に対し、公主は既に息が上がりはじめているのが、ここからでも見て取れる。

それでも、公主は絶対に諦《あきら》めないという強い意志で、馬を走らせ、玉を追う。

僕は次第に心配になってきた。

「大丈夫でしょうか……」

もしこれで、万が一落馬でもしたら？　不安で胸が苦しくなる。

「確かに……公主が心配ですね。そろそろ陛下にお二人を止めるよう進言してきましょうか？」

「でも……」

これで強引に試合を打ち切れば、公主は怒るだろう。

勝っても負けても、彼女は納得できないはずだ。

だけど見ている僕まで息が苦しくなってくる気がする。

馬が駆け抜け、地面を揺らす振動までが、ここまで伝わってくる。

彼女の悔しさが。

そして、とうとう『その時』はやってきた。

「あああああ！」

と誰かが叫ぶと同時に、馬が前のめりに倒れ、騎手が地面に放り出された。

会場中から悲鳴が上がった。

「公主！」

僕も咄嗟《とっさ》に叫んで立ち上がって――そしてその瞬間、意識が遠くなった。

六

目を開けると、不安そうな顔の公主が僕を覗《のぞ》き込んでいた。

「やだ。もう……貴女《あなた》ってば、倒れるほど私を心配していたの？」

「ああ……公主様は……ご無事でしたか」

ほっとしながら体を起こす。

あんまり公主の事が心配すぎて、息を吸うのを忘れてしまっていたんだろうか？

僕は観覧席で気を失って、絶牙《ぜつが》とすぐに駆けつけてくれた叔父《おじ》上によって介抱されたらしい。

どうやら絶牙は、李《り》林甫《りんぽ》氏に僕に指一本触れさせなかったようだ——まあ、既に手は握られていたけれども。

不用意に触れられて、男だと気が付かれなくて良かった。

既に高力士《こうりきし》様の姿はなく、対応に追われているようだ。

「試合はどうなったのですか？　楊錡《ようき》氏は無事なのですか？」

支えてくれる絶牙にそのまま寄りかかりながら問うた。別の不安が僕に忍び寄って来ていたから。

「それは……幸い命に別状はないけれど、肩と胸の骨が折れてしまったみたい」

公主が戸惑うように言った。

「ああ、なんと……」

あの時、走っていた楊鏑氏の馬が突然失神し、前のめりに倒れた。

楊鏑氏と公主が小競り合いするように玉を追っていた時だ。一歩間違えば馬と楊鏑氏は公主の方に倒れ、彼女も無事では済まないところだったのだが、幸い彼はなんとか公主を避けるように倒れた。

結果、本人の怪我は免れなかったようだった。

「こんな状況だから、お父様も今日は私達のことを話さないつもりみたい」

「それは……良かった、の、でしょうか？」

「……どうかしら」

公主の表情は優れない。

「どうかなさいましたか？」

「それが……」

「吾《われ》が呼ばれたということはどういう事か、華妃ならばわかるであろう？」

その時、聞き慣れた声が響いた。

慌ててそちらを向くと、女官に手を引かれるようにして、幾重にも布を被《かぶ》った人影が、ゆっくりと重そうにこちらに近づいてきた。

「ドゥドゥさん……!? じゃあ、まさか？」

「そうじゃ。確かに馬が興奮して倒れることは珍しくはないが、泡を吐き、激しくけいれんしていて、その様子が普通ではないと、吾が呼ばれたのだ」

「では……誰かが馬に毒を盛ったというのですか？　楊錡氏の馬に？」

「そうじゃな。その可能性があるという事じゃろう」

それを調べるために呼ばれたのじゃ、と、ドゥドゥさんが言った。

「こんな時間に、吾を掖庭宮の外まで呼ぶとは……と思うたが、陛下はもし貴妃が狙われていたらと、ご心配なのじゃろう」

「ああ……それは……」

確かにそうだ。

今回倒れたのは楊錡氏の馬だったけれど、もしかしたら他の馬が、人が、狙われていたかもしれない。

貴妃様かもしれないし、楊国忠《こくちゅう》氏かもしれないし、三国夫人の誰かかもしれない――少なくとも李林甫氏なら、その気になれば毒ぐらい盛りそうだし、楊一族の誰かでも驚かない。

「毒妃様だけでは大変でございましょう。わたくしもお供いたします」

起き上がろうとすると、慌てて公主が僕に手を貸してくれた。

「公主様はお疲れでしょう。ご心配なく――」

「いいえ。心配しないのは無理だし、あの人のことも……やっぱり心配だわ。嫌いだけれど……私の夫になる人だもの。一緒について行くわ」

ドゥドゥさんはどうだろう？　僕が確認すると「邪魔をしなければ、好きにしたら宜しかろう」とそっけない返事が返ってきた。

「それより早く、吾を馬の所へ連れて行くのじゃ、毒なき華の君」

「は、はい」

ドゥドゥさんは、女官から僕へ、ととと、と歩いて繋《つな》ぐ手を交換した。

僕たちは馬が静養している厩舎《きゅうしゃ》を、女官は会場を調べるらしい。

「それにしても、また厩舎とは……吾らはよほど馬と縁があるのぅ」

歩きながらのんきにドゥドゥさんが言った。でも確かにそうだ。

「また馬酔木《あせび》が原因だったりしないでしょうかね」

「ないとは言えないが、あまり好んで食べる馬はおるまいよ。食して美味《うま》いものではない」

「やはり、馬も味がわかるものですか？」

ドゥドゥさんの話を聞いて不思議になった僕は、公主に聞いた。

「ええ。人間と同じように、美味《おい》しいものを喜ぶわ。肉や魚以外の――そうね、花だとか」

「花も食べるんですか？」

「ええ、甘くて美味しい花なら食べるわ。あと瓜《うり》も好きね」

花はともかく、確かに瓜だとか果実だとか、人間も喜ぶ物が好きらしい。さすがあれほど見事に馬を乗りこなす公主だけあって、馬の好き嫌いくらいはわかるらしい。

「華妃は馬に乗らないの？　今度教えてあげましょうか？　今日日女性だって、馬に乗れた方がよいと思うけれど」

それは確かに……とくに僕は、後宮を出たら普通の玉蘭《ぎょくらん》に戻るのだから。

そうこうしているうちに、僕らは厩舎に着いた。

すると倒れたという馬は既に正気を取り戻しているらしく、今は落ち着いた顔で、厩舎のわらの上に横たわっていた。

「もう平気なのですか？」

という僕らの問いに、馬丁は困った顔をしてみせた。

「毒のせいだと聞いたのじゃが？」

「はぁ……確かにさっきまでは変でしたけど、すぐに落ち着いて……今は肉屋を待っている所です」

「肉……まさか殺してしまうの⁉」

公主の表情が曇った。

「脚の骨が折れているので、もう長くは生きられませんから」

体の大きな馬は、立てないとすぐに体が潰《つぶ》れて死んでしまうそうだ。

「毒の効果の方はすぐに消えたと言うことか」

ドゥドゥさんが言った。

「そうですね。興奮もあったのだと思います。しばらく嘔吐《おうと》して震えていましたが、そう長いことではありませんでした」

「なるほど……毒の量が少なかったのかもしれぬな。馬は体が大きいゆえ」

「体の大きさで変わるものなの？」

公主が不思議そうに問うた。気が付くと彼女は、ドゥドゥさんの被っている布が、厩舎の泥で汚れないように、そっと端を持ち上げてくれていた。

「そうじゃ。毒は効果を表すのに必要な量がある。それは毒によっても変わるし、使う相手でも変わるのじゃ。足りなかった場合はこうして、すぐに効果が半減するか、はっきり効果を表さぬ事もある」

「だから眠る薬も、羊や宦官《かんがん》じゃ駄目だったのね」と、公主は頷《うなず》いた。

「でもいったい誰が何故、そんな中途半端なことを？　ドゥドゥさんは以前、毒は弱い者が強い者を殺《あや》めるために使うと仰《おっしゃ》いましたよね……」

「本来はそうじゃ。だが毒を使った者が無知だったのかもしれないし、何らかの理由であまり量を取り入れられなかったか……もしくは元々馬を殺すつもりはなかったのかもしれぬ。騎乗した者を傷つけたかったか……或《ある》いはただ、騒ぎを起こすためだったのかもしれぬのう」

そこまで言うと、ドゥドゥさんは「馬に触れても良いか？」と馬丁に問うた。

「構いませんが、警戒して暴れてしまうかも……」

馬は元々神経質であるのに加え、今は特に気が立っているようだ。特にあまり男性が好きではないらしい。優しい雌馬で、楊錡氏以外の男性は絶対乗せないらしい。馬丁も少し手を焼いていたようだ。

「私が宥《なだ》めるわ。その間に調べてみて」

本来であれば力の強い絶牙に任せる方が安心なのだろうけれど、絶牙が近づくだけで馬は息を荒くするので、彼は仕方なく馬房の入り口に控えるだけになった。

公主が馬の横たわる馬房に入った。幸い馬は公主のことを、厭《いや》がるそぶりは見せない。先ほど試合で争った相手を、きちんと覚えていたのだろうか？　馬は一度頭を上げ、小さく嘶《いなな》くと、公主の膝《ひざ》に大きな頭を預ける。

「よい子だから、きっと大丈夫よ」

優しく馬を撫《な》でる公主の横で、ドゥドゥさんがそっと馬を診た。

「……どうですか？」

静かに馬に向き合う二人に、僕は恐る恐る声をかけた。

「ふむ。呼気に毒の匂いはないが……心の臓の動きが悪い。おそらく気の巡りを阻害する類《たぐ》いの毒であろう……が、それよりもおそらく今、水が足りていない。苦しめるのは不憫《ふびん》じゃ。飲ませてやった方が良い」

ドゥドゥさんも馬の肌を撫でながら言うと、馬丁は「それが……」とまた困った顔をした。

「誰の手からも飲む馬ではないのです。おそらく楊錡様からでないと」

「なんと……」

「じゃあ、私が飲ませてみるわ。賢い子だもの、きっとわかってくれるでしょう」

とはいえ馬は起き上がれない。桶《おけ》に顔を突っ込むことも出来ないので、公主はお椀《わん》に匙《さじ》を用意させ、慎重に口の端から水を差し入れてやった。

「少しずつが良い。喉《のど》にしびれがあるかもしれぬし、また嘔吐しては困る」

ドゥドゥさんが言うとおり、公主は少しずつ、根気よく水を馬の口に運んだ。最初は上手《うま》く飲むことが出来ず、水はそのまま流れ落ちて公主の膝を濡《ぬ》らすだけだったけれど、やがて馬は舌を動かすようにして、水を飲み込む方法を覚えたらしい。

「いい子ね、本当にいい子」

そうして水を少し飲ませ、馬の容態が落ち着いているのを確認したドゥドゥさんが、

「行こう」と言った。

「残念だが、ここでわかるのはこれくらいじゃ」

ドゥドゥさんが馬房から出てきた。公主はまだ名残惜しそうに、横たわる馬を撫でている。

「さすがにこれだけでは、なんの毒なのかはわかりませんか」

「ふむ。だがこの手の毒は主に植物に由来する毒じゃ。そしてだいたい小半刻《こはんとき》から半刻

ほどで効果を表す」

「小半刻から半刻……」

そう公主が繰り返し、首をひねった。

「それだと、試合の終わり頃に毒を盛られた事になるわ」

確かにそうだ。そしてあの試合中に、毒を盛るのは容易ではないような気がする。

「でしたら、休憩時間ではないでしょうか？　時間は小半刻より少し早いように思いますが？」

「でもその時も多分水しか飲んでなかったと思うけれど……」

「水か。ふむ」

僕と公主のやりとりを聞いていたドゥドゥさんが、何かを理解したように頷いた。

「……そうだわ、ねぇ毒妃。もしかしたらだけれど、この子よく目が見えていない気がするわ」

「目が？」

「ええ。だから余計に不安がって、気が立っているんじゃないかしら」

それを証明するように、公主は馬の目の前で手を振って見せた。時々は反応するが、確かに視線で追ったり、驚いたりという反応が薄い気がする。

「ああ、確かに倒れてすぐの時はそのような感じでした」

馬丁も言った。

「ほほう。それはよいことに気がつかれましたの、公主」

ドゥドゥさんが布の下から、ふんふんと鼻を鳴らした。もしかしたら毒が嬉《うれ》しくて笑っているのかもしれない。

見えなくて良かったと思った。僕は慣れているけれど、この状況でドゥドゥさんがニコニコしていたら、公主は嫌だと思うかもしれないから。

とにかく彼女は、馬に責任を感じているみたいだった。

そもそも動物が好きなのだろう。衣服が汚れるのも構わずに、馬の介抱をする姿は、今まで見てきた貴人とは違うように見えたし、少し汚れた横顔ですら、公主は美しい。

僕は内心、楊錡氏がうらやましいなと思った。

勿論《もちろん》そんなことを公主に言ったら怒られそうだし、そもそも彼女は僕の正体を知らないのだけれど。

「華妃」

「あ、は、はい」

「何の毒だったのか、これでは決めるには足りぬ」

公主は馬丁にかけあって、馬の処分を待って欲しいと言っていた。そんな公主に見とれていたことを、ドゥドゥさんに気が付かれただろうか？　彼女に袖《そで》を引かれて僕は我に返った。

「どうしましょうか。わたくし達も試合場の方に向かいましょうか？」

「そうじゃな。桶に残った水だとか、小姨《叔母》が何か見つけてくれていれば良いのだが」

そうして僕らは厩舎《きゅうしゃ》を出て、再び試合場へと向かった。公主は馬丁と話してから、少し遅れてくるそうだ。

今日は朝から晴れていたのに、いつの間にか重くどんよりとした黒い雲が広がっている。

それは何かを暗示しているようで、僕は小さな胸騒ぎを覚えたのだった。

七

今にも泣き出しそうな空の下、試合場には一つの騒ぎが起きていた。

「小姨!?」

僕らが馬球場にたどり着くと、ドゥドゥさんの女官が今まさに拘束されるところだったのだ。

「いったいどういう事なのじゃ!?」

慌てて女官に駆け寄ったドゥドゥさんが、悲鳴のような声を上げた。

「陛下はいつまであのような災いを、後宮に置かれるのですか?」

そんな二人を見て、一人の女性が陛下に冷ややかに言うのが聞こえた。

「……災いとはどういう事でございましょうか？　虢国《かくこく》夫人？」

振り返って僕が答えると、彼女はフンと鼻を鳴らした。僕を馬鹿にするように。

「言ったとおりの意味ですわ、高《こう》華妃」

「何を仰《おっしゃ》っているのかわかりませんが？」

「あら、わからないの？　良いのはお顔だけ。おつむはそうでもないのね」

明らかな嘲笑《ちょうしょう》を浮かべたこの女性は、楊《よう》貴妃様の姐上《あねうえ》。三国夫人の次女である虢国夫人だった。つまりは楊国忠《こくちゅう》氏の……。

愛人が権力を持っているから、自分も力を持っていると、そう言いたいのだろうか？

彼女は露骨に僕らに敵意を向けてきた――或《ある》いは侮蔑《ぶべつ》を。

許せない、と思った。

僕ならいい。別にいい。僕は貴人じゃない――でも翠麗《すいれい》は違う。姐《ねえ》さんは違う。高翠麗に無礼は許さない。

「わたくしは――」

「華妃が問われているのは、恥を知らぬ者の作法についてでありましょう」

けれど僕が言い返す前に、間に入ってくれたのは李林甫《りりんぽ》氏だった。

「な……！　陛下。この者どもは、私達の大切な玉環《ぎょくかん》の馬に、毒を盛る可能性もあったのです。このままにしておくのですか⁉」

虢国夫人は直接僕とやり合うのは不利と思ったのか、今度は矛先をドゥドゥさんと女官に向けた。

「……と、虢国夫人は申しているが、それは真《まこと》なのか？」

「吾《われ》は毒は使いませぬ。毒を後宮に配るようなことも致しませぬ。それは父母の教えに背く事になりまする」

陛下の問いに、布越しでもわかる怒気をはらんだ声で、ドゥドゥさんが答えた。

「わたくしたちが、どうして貴妃様の馬に毒を盛るというのでしょうか」

僕も答えた。

「どうして？　決まっているでしょう、そんなこと。陛下のご寵愛《ちょうあい》が欲しいのでしょう？」

夫人が鼻で笑った。それはまぁ……確かに妃嬪《ひひん》であれば、そういう理由は当たり前なのかもしれないけれど……。

「それに私の侍女の妹が、後宮の女官として働いているのですよ。今、後宮でどんな噂が立っているかご存じないのね。太華《たいか》公主が頻繁に毒妃の下を訪れ、毒を集めていると。そしてあろう事か、羊を贄《にえ》に呪《まじな》いを行っていると聞いたわ」

「え……!?」

そ、それは……。

「吾らが呪いだと？　何を馬鹿げたことを」

ドゥドゥさんが呆《あき》れたように呟《つぶや》いた。

それは勿論勘違いなのだが、確かに一昨日《おととい》僕と公主は、めいめい鳴いて言うことを聞かない羊を連れて、ドゥドゥさんの所を訪ねているのだ。

それ自体は本当の事だし、誤解されてしまっても無理はない。

「かつて皇后であられました王氏《おう》は、吾《わ》が子欲しさに『呪い』を行った咎《とが》で廃立したことをお忘れですか？　この二人の妃嬪が、これ以上公主に良からぬことを吹き込み、そして玉環を危険に晒《さら》してしまう前に、処罰してくださいませ！」

虢国夫人が僕らを指さして叫んだ。

陛下は「ふむ……」と唸《うな》り、僕を見た。

「……と、申しておるが、華妃、どうなのじゃ」

「すべて濡《ぬ》れ衣《ぎぬ》でございます。わたくし達も、公主様も、呪いなどとは無縁です」

きっぱりと言い返すと、陛下は納得しきれない表情で頷《うなず》いた。

「陛下！」

そこに騒ぎを聞きつけた高力士《りきし》様が戻ってきて、僕の前に立った。

「陛下ともあろうお方が、そのような世迷《よま》い言を信じられるのですか？　ここしばらくの華妃と毒妃、二人の献身を疑われるのですか！」

「陛下。華妃様は非常に聡明《そうめい》なお方です。よしんば野心をお持ちであったなら、むしろこのようにすぐに己が疑われる状況で、貴妃様のお身内の馬に毒を盛るような愚かなことはされないでしょう」

叔父《おじ》上が反論すると、李林甫氏も加わった。叔父上と李林甫氏も仲が良くないとは聞いているけれど、少なくとも二人が庇《かば》ってくれるのは頼もしい。

そして楊貴妃様も、「陛下」と控えめに声を上げた。

「私も高華妃は、後宮で唯一の友だと思っております……」

どうやら貴妃様は、姐上に対してあまり強く出られないらしい。彼女は普段よりか細い小さな声で陛下に告げた。

虢国夫人の顔が怒りに歪《ゆが》んだ。

「ですが陛下。逆におかしいと思われませんか？　こんなにも大勢で庇うなど……それに、よくお考えください。後宮で一番危険なのは玉環なのですよ⁉　この子を失ってからでは遅いのではありませんか⁉」

「む……」

陛下が再び低く唸った。

なんてことだろうか。恋とはこんなにも盲目で、人を愚かにさせるものなのか？

「二人は関係ありません。犯人は私です」

その時、人混みをかき分けるようにして、震えながらもよく通る声が響いた。

「公主、何を……」

「お父様。私なのです。楊錡《ようき》の馬に毒を盛ったのは。本当に……私なのです」

八

それから半刻後《はんとき》、僕らは宮内の一室に捕らえられていた。

捕らえられ……といっても幸い牢《ろう》ではなく、広くて綺麗《きれい》な客人用の一室で、花も生けられ、茶器やお酒、お茶菓子も用意されている。

もっとも、いつも美味《おい》しいお茶を淹《い》れてくれる絶牙《ぜつが》は中には入れず、部屋の入り口をずっと守ってくれている。

さきほどから雨が降り出したので、中に入れてあげたかったけれど、それは同じく入り口に立つ門番が許してはくれなかった。

「どうしてあのようなことを言われてしまったんですか……」

仕方なく下手で苦くて不味《まず》いお茶を自分で淹れながら、僕はしょんぼりと床で膝《ひざ》を抱えている公主に問うた。

「だって……あのまま騒いでいて、もしまた貴女《あなた》が倒れたら困るし。そもそも私のせいなんだから、なんとかしなきゃって……」

「別に倒れたりはしませんけれど」

「いいや、確かに顔色は優れぬよ、華妃」

重い布を脱ぎ、お茶菓子ではなくお酒に手をつけているドゥドゥさんが言った。

「そう……でしょうか」

まぁ、確かに疲れているし、夕べもよく眠れてはいない。でもなにより……こんな風に捕まってしまって、入念に調べられたりしたらどうしよう。

もし衣服の中まで調べられたりしたら……と思うと、ずっと落ち着かないし、怖い。

勿論《もちろん》、檻《おり》の外で高力士《こうりきし》様がなんとかしてくれるだろうし、陛下も僕らを疑いきれずにいるようだと思った。

完全に信用することもできていないのだろうけれど。

とにかくもう少し調べて何かわかるまで、暫定的に僕らは軟禁されているのだ。

まったく……これじゃあ李白《りはく》殿のことを言えないじゃないか。

今度は僕が捕らえられてしまうなんて。

「ごめんなさいね。本当に、すべて私のせいだわ」

「公主様のせいではありません。そのような罪の意識は必要ありません」

「でも……貴女達を巻き込んだのは私だもの」

気は強い、けれど心優しい太華《たいか》公主は、自分のこととなれば大胆だけれど、人を巻き込むことには強く責任を感じてしまう人らしい。

いつもの前向きな姿勢はどこへやら、もうずっとああやって床の上で膝を抱えたまま、溜息《ためいき》と謝罪を繰り返している。

「気にせずとも良いのではないか？　吾らは無実。きっと高力士殿が動くであろう……

うむ。これはまた良い酒じゃのう。菓子ではなく炙《あぶ》った魚でもあれば良いのだが」

対してドゥドゥさんは能天気だ。寝台に寝そべり、なんの心配もしていない様子でお酒を楽しんでいる。

まぁ……もしかしたら、彼女は彼女で腹をくくっているのかもしれないけれど。

「さあ、温かいお茶と甘いお菓子をいただけば、少しは心が元気になりますわ」

菓子と一緒に茶碗《ちゃわん》を差し出すと、公主はそれを受け取って一口啜《すす》って——。

「……にが」

と小さく呟いて、そっと茶碗を床に置いた。

「毒より苦いのう」

ドゥドゥさんにも渡すと、彼女も笑いながら言って、お茶は返却されてしまった。

「お……おおおぅ」

自分でも試しに飲んで、その苦さに震える。扉の向こうの絶牙が恋しい。

仕方なく僕は公主の隣に腰を下ろし、口直しに干し棗《なつめ》を囓《かじ》った。

「そんなに気を落とさないでください、公主様」

「でも……私のせいで楊錡《ようき》は大怪我をして、あの馬も処分されてしまうのよ。本当に毒を盛ったのは私じゃないけれど、もし私が彼に勝負を仕掛けなかったら、馬が試合中に倒れることはなかったと思うの」

それは確かに……もし使われた毒が、ドゥドゥさんの言うような時間で作用するならば、午後の試合が始まる前に、馬は具合の悪さを訴えて、転倒して骨を折ることはなかったかもしれない。

「ですが本当に悪いのは、毒を盛った人間でしょう」

そうだけど、と公主は呟《つぶや》いて、膝の間に顔を埋《うず》めた。

「確かに公主様はきっかけの一つだったかもしれません。でも実際に貴女以外の誰かが楊錡様の馬に毒を盛り、わたくし達をここに閉じ込めています。それはその誰かの思惑でしょう。物事にはいくつもの側面があります。どんな事にも、目に見える部分と、見えない部分が」

そうだ、真犯人がいるのだ——たとえば、あの虢国《かくこく》夫人のような。

そしてここにいる僕も、本当は嘘の塊だ。

僕は男で、貴人ではなくて、ただの少年玉蘭《ぎょくらん》だ。

でも同時に、僕は今確かに華妃だ。問題ばかりとはいえ、姐《ねえ》さんの代理はきちんと務められていると思う……思いたい。

「ですから、ご自分を責めるのはおやめください。大丈夫です。公主様のことは絶対にわたくしがお守りいたします。必ず貴女をここから出して、ご結婚のことも、馬のこともなんとかいたしますから」

「翠麗《すいれい》……貴女は本当に私が好きなのね……」

公主は「ううっ」と泣き出して、僕にしがみつこうとして——そして僕が一昨日《おととい》逃げたことを思い出してか、かわりに僕の襦裙《じゅくん》の裾《すそ》を握った。

公主の泣き顔は可哀想で切ない。そして、愛らしかった。

潤んだ瞳《ひとみ》と流れる涙は玉のようで、無防備に開かれた唇は杏《あんず》のようだ。

「もちろん、大好きです――ああ、わたくしが楊錡殿に代われたら良かったのに」

もしくは、この結婚がなくなって、僕が玉蘭に戻って。高力士様の後継者として、官僚になれたなら。

ああ、そうしたら僕にこの人を、娶《めと》ることが許されるだろうか？

「…………」

ふっとそんな考えが、頭を過《よぎ》った。

そもそも僕が本当は男だと知ったら、彼女はどうするだろうか。それでもまだ僕を友と呼び、好きだと言ってくれるだろうか？

「公主様、実はぼ――」

その時、僕の声をかき消すように、男性の声が響いた。

「華妃が楊錡だとしたら困りますね。そんな事になったら、陛下の代はこのまま皇后不在のままになりましょう」

門番が特例のように扉を開けて、部屋に入れたのは李《り》林甫《りんぽ》氏だった。

「李林甫……どうして貴方《あなた》がここに来るの」

公主がとても怒ったように、顔を顰《しか》める。

「そうやって、すぐに噛《か》みつかないでください、公主」

肩の雨のしずくを払いながら、李林甫氏が苦笑いを浮かべた。

「いけしゃあしゃあと、よくそんな事が言えたものね」

公主はどうやら李林甫氏と仲が悪いらしい。二人のやりとりを見ながら、僕は我に返った。

危なかった――僕は今、いったい何を公主に言おうとしていたのか。

急にお腹の中まで冷え切った気がして、僕は軽い目眩《めまい》を覚えた。

「華妃。まだ顔色がすぐれませんね。ご無理をなさらずに……太医を呼びますか？」

そんな僕を、すぐに李林甫氏が支えようとしてくれて――でも僕はその手を拒んだ。

駄目だ。抱き留められたら男だと知られてしまう。

「いいえ、大丈夫。少し疲れただけです。今日は長い一日ですから」

自力で這《は》うように長椅子に腰を落ち着け、僕は自分の淹れた苦いお茶を一口飲んだ。

「……ご心配されずとも、必ず私と高力士が、貴方をお救いいたします」

李林甫氏が真剣な表情で言った。初めて見た気がする彼の双眸《そうぼう》は緑がかった枯れ草色をしている。

「……それは信じても宜《よろ》しゅうございますね」

「私はけっして、貴方を欺くようなことはいたしません」

李林甫氏が長椅子の前に膝を突き、僕の手を取ろうとした。

その間を裂くように、公主が飛び込んでくる。

「離れなさい。華妃はお前のような男が近づいて良い方ではないわ！」

李林甫氏が整った顔を顰めた。

「まったく、相変わらず愛らしいお顔が台無しです。少しは私に感謝していただきたいところですよ」

「なんですって？」

「言ったはずです。私が必ずお救いすると――楊錡殿、入られよ」

李林甫氏は諦《あきら》めたように息を吐いて立ち上がると、扉に向かって声をかけた。

「な……」

公主が身震いして後ずさり、僕の座る長椅子に手を突いた。

「……申し訳ありません、公主」

絶牙に支えられるようにして部屋に入ってきたのは、他でもない楊錡氏だった。

「いえ……私こそ、このような怪我を貴方にさせてしまいました。なんとお詫《わ》びしたら――」

公主が俯《うつむ》いて答える。

「ああ……公主に謝罪の必要はありません。どうかおやめください」

「でも貴方だけでなく、貴方の馬まで……」

じわっと公主の両目に涙が浮かんだ。

「馬の心配までしてくださるのですか？」

「優しい、良い馬だわ」

「脚の曲がった子馬だったのです。早くは走れぬから処分すると言われていたところを私が引き取って育てました。あの子は私を父と思っているのでしょう。恩を返すように、いつも必死に走ってくれるのです」

二人はそうして馬の話を始めた。幸い折れたのは前脚の片方だけで、大唐一と謳《うた》われる軍の馬医に頼めば、もしかしたら殺さずに済むかもしれないこと。

公主はその間の世話を、自分も手伝おうと思っていることを。

貴妃様や李林甫氏が言うとおり、楊錡氏はあの苛烈《かれつ》な楊一族では珍しく温厚そうで、真面目な人だと思った。

あれほど反発していた公主の態度が、みるみるうちにほどけていく。

良い事である筈《はず》なのに、僕はなんだかじんわりと胸に痛みを感じながら、長椅子を楊錡氏に譲った。

彼が時折痛みに顔を顰めていたからだ。

「これを飲むと良い。痛みが和らぐゆえ」

僕らの話を聞きながら、手慣れた仕草で何やら茶器をいじっていたドゥドゥさんが、妙に香りの強い薬湯を楊錡氏に差し出した。

「いえ……いりません。頭がぼうっとすると困りますから、太医の勧めも断ったのです」

「でも、無理はしない方が……」

公主も不安げに言った。

「いいえ。貴女《あなた》に謝罪に来たのです。腑《ふ》抜《ぬ》けているわけにはいきません」

「謝罪など。悪いのは私の方で――」

公主が首を横に振ると、ドゥドゥさんが「いいや、謝罪は必要じゃ」と言った。

「ドゥドゥさん？」

僕の問いに、ドゥドゥさんはにったりと笑った。

「しっかり謝ってもらうのが宜しかろう。おそらく馬に毒を盛ったのは、この楊錡氏じゃ」

九

それまで柔らかくなっていた公主の表情が、みるみるうちにこわばった。

「……どういうこと？　嘘でしょう？　貴方が馬に毒なんて……」

けれどそれを楊錡《ようき》氏は否定しなかった。俯いて――俯くだけで、それは肯定と同じだとわかった。

「激しく動き回れば、その分毒の回りは早まる。毒の効き始める時間を考えるならば、やはり休憩時間じゃろう。おそらくは水に毒を仕込んで飲ませたのじゃ」

ドゥドゥさんはそう言いながら、もう一度楊錡氏に薬を勧めた。彼は頑《かたく》なに受け取ろうとしなかったけれど、「治りも早まる」と言われ、仕方なく茶碗《ちゃわん》に口をつけた。

「あの馬は簡単に水を飲まぬと聞いた。楊錡殿でないと水を与えられぬとな……まあ、実際は公主の手から飲んだが、彼女は馬の扱いに長《た》けているようじゃから、異例と考えても良かろう。であれば、本来は楊錡殿が与えた水と思う方が道理じゃ」

「そ、そんな……どうして⁉　貴方の馬なのに⁉」

「公主。貴女は少し黙っていた方が良い――でなければ、この男は物を言えぬであろう」

ドゥドゥさんは僕をちらりと横目で見てから言った。

僕は公主を宥《なだ》めるようにその隣に立って、彼女の震える手を握った。

楊錡氏は俯いて、薬湯を覗《のぞ》き込んでいる。

「馬の毒の量はおそらく僅《わず》かであった。馬を殺すつもりはなかったのだろう。多少調子の悪いそぶりを見せて貰《もら》えれば良い――そうだったのではないか？」

そもそもたくさん飲み込めるような味ではないのだと、ドゥドゥさんは目を細めて微笑んだ。試合の後、喉《のど》が渇いた馬はがぶりと水を勢いよく飲んで……そして数口で異変に気が付き、飲むのを止めてしまったのだろう。

「本来の休憩時間は半刻《はんとき》と聞いた。試合が再開する前に、馬が使えなくなれば良い……そこまでして試合をしたくなかったか――」

「駙馬都尉《ふばとい》の件をなかったことにしたかったのです」

楊錡氏がドゥドゥさんを遮るように言った。

「……つまり、貴方《あなた》も私を妻にしたくなかったって事なのね」

ぎゅっ、と僕と繋《つな》いだ手を、公主が強く握った。それは怒りだろうか？　それとも……。

「そうではありません。ですが、貴女が毒妃の下に通われているという話を聞きました」

虢国《かくこく》夫人は大変したたかで、彼女は後宮の中に、自分の内通者を置いているらしい。

そうして流れる噂を聞いているそうだ。

まぁ、それ自体は珍しい事ではないだろう。とはいえ、こんな風に利用されるのは不本意だ。でもそのせいで、公主が彼との婚姻を厭《いや》がっていると、本人の耳に届いたらしい。

「ですがそれは当然のことです。貴女は間違っていない。毒や呪《まじな》い、それが嘘であれ、本当であれ……私は貴女の不名誉になることは避けなければと思ったのです……」

「だが稚拙な案じゃな。こうやって公主に疑いの目が向くと思わなかったのか？……」

ドゥドゥさんが薄笑いを浮かべたまま問うた。

「すぐに馬の誤食だと言うつもりでした。ようは今日の試合を中断できれば良いと思ったのです」

「誤食――なるほど。使ったのは梅蕙草《ばいけいそう》か。あれは擬宝珠《ぎぼうし》と似ているゆえ、誤って食べたと言っても、まあ説明は付くじゃろう。その毒は嘔吐《おうと》などの他、体を痺《しび》れさせ、そして視界に異常が現れる。毒性は強いほうじゃ。だが味は良くない。やはり馬もそうたくさんは飲めなかっただろう」

「仰《おっしゃ》るとおりです」

ここまで大変な騒ぎにならないようにしたかったのに、虢国夫人が介入したせいで、こんな事になってしまったというわけだ。

「……でも、だったら結局……私が貴方に勝負を挑まなければ、馬も貴方も無事だったという事なのね」

「私はもともと騎馬兵でありました。落馬での怪我を恐れていては戦えません。それにこのくらい、すぐに癒《い》えます――それでも、怪我をしている間は、婚姻も先送りに出来るでしょう」

確かに、馬のことは予定外で、彼は強い後悔を口にした。だからできる限り傷を癒やし、今後は穏やかに暮らせるようにしてあげるつもりだそうだ。

「だからって……良くなんかないわ。『これで良かった』なんて事には出来ないでしょう？　それに、それにどうして貴方は私にそこまでするの？　どうして？　そんなに私を娶《めと》るのが嫌だったら――」

楊錡氏の顔を見ながら言った公主の表情が、急にこわばった。

「……どうして？」

公主が不思議そうに瞬《まばた》きをして、そしてその頰が、すうっと上気するのを見た。

「楊錡……あ、あ、貴方は、まさか、私のことが好きなのですか？」

震える声で問われた楊錡氏が、静かに微笑んだ。優しげに——そしてまぶしげに。

「……以前、馬に乗られているところをお見かけして以来、ずっと」

公主が驚きを飲み込むように、ごくん、と喉を鳴らした。

「だ、だ、だったら——」

「だからこそ、貴女が望まないことは出来ないと、そう思ったのです。どんなに貴女を慕おうと、我が身に流れる血は消せません。私は貴女を不幸にしたくはないのです」

愛する人の兄を傷つけ、父を、母の残り香を、後宮から奪った人に連なる血。

李林甫《りりんぽ》氏が、蜱《だに》とまで呼ぶ一族——この優しい人ならば、一族がこの国でどんな存在なのか、わかっているのだろう。

だからこそ、我が身と愛馬を傷つけてでも、愛する人の名誉を守りたかっただなんて——こんなのずるい。悔しいじゃないか。

公主はしばらく黙っていた。

その間、さらさらと雨音だけが聞こえた。

「……羊は好き？」

やがて公主が、おずおずと楊錡氏に問うた。

「羊ですか？　ええと……嫌いではないと思いますが……？」

彼は、食べるのが？　愛《め》でるのが？　そう悩んでいたようだけれど、多分公主にとってはどちらも同じ意味だったのだろう。

公主はもう少し考えるように首をひねってから、「もし」と囁《ささや》くように言った。

「もしよ……もしこの国が壊れてなくなってしまったら、楊錡は私と荒野に布の家を建て、羊を育て、馬を追って暮らしてくれる？」

奇妙な問いだ。でも楊錡氏は不思議とにっこり笑って頷《うなず》いた。

「……でしたら、私は猟の腕を磨くようにいたします」

公主の顔が泣くように歪《ゆが》んだ。でもそれは多分――悲しかったんじゃなくて嬉《うれ》しかったんだと思う。

――喜ばなきゃ。咄嗟《とっさ》に思った。

だけど、どうしてか僕には、そうすることができなかった。

「李林甫様」

僕はそっと握っていた公主の手を解《ほど》くと、なんだか面白がるように僕らを見ていた李林甫氏を呼んだ。

「今回のことは、馬の事故です。お聞きになりましたでしょう？　試合前に馬が擬宝珠と梅蕙草を間違えて、ひと囓《かじ》りしたのです。ですからこれは誰の思惑でも、悪意でも、陰謀でもありません」

「華妃様の仰るとおりでございます」

李林甫氏は僕に恭しく頭を下げる。

「ではこのような所、わたくし達には不要でしょう……もう今日は疲れたわ。すぐに部屋に帰らせて」

「勿論《もちろん》でございます。お疲れならば掖庭宮まで抱いてお連れいたしましょうか？」

なぜだか笑いをかみ殺すような顔で李林甫氏が言ったので、素っ気なく返した。

「いいから早くお許しを戴《いただ》いてきて」

「御意に」

――いい話だ。

いい話なんだ。

公主はきっと幸せになるんだ。

なのに何故だか無性に腹が立って仕方なかった。

多分雨と、苦すぎたお茶のせいだ。

終

「それでね、あの人が、山羊《やぎ》と羊を百頭買ってくれるっていうの。街から少し離れた所に、私のために家を建ててくれるんですって。良い馬もたくさん育てるんだって！」

数日後、また僕の部屋の庭に遊びに来た太華《たいか》公主が、頬を赤らめながら言った。

「そうして時々、外でお肉を焼いたり、馬で山を駆けたり、夜は星を見たりして過ごそうって言うのよ……楊錡《ようき》っておかしな人だと思わない？」

「はぁそれは……ようございましたね」

池の鯉に餌をやりながら返した僕の声は、思っていた以上にそっけなくて、面白くなさそうで、自分でも驚いてしまった——でも、まあいいや。

「ち、違うわ！　のろけに来たんじゃないのよ」

「はいはい。わかってますよ……それに泣いたり、落ち込んだりされるよりは、のろけの方がずっと嬉しゅうございます」

それは本心だ。間違いなく。でもちょっと……ちょっとだけ寂しい。ほんのちょっとだけ。

「私ね……お父様が大嫌い。ずっと許せないと思っていたの。貴妃に会ってから、お父様は何もかも変わってしまったから——でも今は、少しわからなくなった」

池の鯉にお菓子の欠片《かけら》を放って与え、公主がぽつりと言った。

「あの人のことが嫌いで、辛《つら》いと思っていたわ。嫁ぐのが嫌だ。触れられたくないって。でも——今は、嫌いじゃないことが苦しい」

そう呟《つぶや》いた公主の顔は今まで見たどの横顔よりも綺麗《きれい》で、僕は悲しかった。

第三集

玉蘭、夏の夜の怪異に戦《おのの》く

一

『日の長きこと至《きわ》まり、陰陽争い、死生分かる――』という夏至の日が過ぎると、長安には本格的な暑さがやってくる。

長安の六月は暑い。これから秋にかけて、うだるような暑さが続くのだ。

『玉蘭《ぎょくらん》』であれば、薄着で水を浴びたりすることができても、僕は今『翠麗《すいれい》』なのだ。

きゅうきゅうに体を締め付ける衣服は厚く、暑く、たっぷり髢《かもじ》を載せた頭は、餅《もち》を蒸すようだ。慣れない夏の過ごし方に気分が悪くなってしまって、何度か僕は体調を崩した。

そのたびに桜雪《おうせつ》や絶牙《ぜつが》がかけつけ、冷たい井戸水で手足を洗い、おでこを冷やしてくれたりした。

そのせいで後宮内には『華妃様はお倒れになって以来、すっかり病弱になった』という噂が広まってしまったようだ。

心配してくれる妃嬪《ひひん》もいれば、陛下が楊《よう》貴妃様に厭《あ》いてしまった後は、自分たちにも機会が巡ってくるはずだと、心配より期待に胸を膨らます者たちもいる。

様々な噂を耳にしながら、僕は翠麗の立場が悪くなってしまうことを心配した。

後宮は国の無情な子宮だ。病弱で子供を産めない女性と思われてしまったら、陛下は翠麗を追い出してしまわないだろうか？

とはいえ陛下にはもう十分、公主も皇子もいらっしゃるのだ。

貴妃様もまだ御子《みこ》を身籠《みご》もられていないし、今しばらくは体が弱くともお許し願いたい、陛下はそういうお方ではないようにも感じる。

僕もしっかり体力をつけていかなければ……と思うものの、華妃としての生活で体を健康に鍛えるのは、難しい。

部屋や庭を元気に走り回るわけには行かないし、後宮の貴人は剣の振り方を学ばない。

焦ってもどうにもならない。幸い暑さもそう長く続くものではないし、少しずつ慣れていくしかないんだろう……少なくとも、翠麗はそうやってきたんだから。

それにいい加減、翠麗も戻ってきてくれるはずだ。

そう願いたい。

待つだけ、耐えるだけの日々はこんなにも辛いのかと思う。

ここではなんでも人の手を借りる。自分でやりたいと思っても、その為に配置された人達がいる。

出来るのに、やってはいけないという歯がゆさ。

じれったい毎日は抗《あらが》えない暑さのように、僕の心を少しずつ弱らせていった。

ああ、今日も窓から見上げる空はなんて青いんだろう。ジリジリと灼《や》きつけるように。

「こんなに暑いと、雨が恋しくなってしまうわ」

「でしたら、碧筩杯《へきとうはい》などいかがですか？」

窓の縁に寄りかかりながら呟くと、今月から僕の部屋に来るようになった、宦官《かんがん》の耀《よう》庭《てい》が言った。

僕より少し年下の美しい少年宦官で、部屋の女官達に人気だ。一見少女のようにあどけない、その整った姿容だけが理由でなく、彼がよく働いてくれるからだろう。

はじめて彼に会った時は驚いた。

ある日突然部屋を訪ねてきた彼は、指導係の目上の宦官の横暴に耐えかねて、新しい主《あるじ》を探しているのだと言った。

普段なら断るところらしいが、僕の部屋には宦官が多くない。

中でも絶牙は僕にぴったりつきっきりなので、人手は足りていないという話だ。

とはいえ僕と姐《ねえ》さんの入れ替わりの事もある。桜雪としてもおおっぴらに人を募って増やすのは不安だ……という状況でやってきた耀庭は、あれよあれよという間に、僕の部屋で働くことになった。

他の宦官に目の敵にされていたというだけあって、彼は容姿も良く、そして仕事ぶりもいい。

若くて優秀な彼は、嫉妬《しっと》の対象だったのだろう。

そんな彼が、にこにこと嬉《うれ》しそうに勧めてくれた聞き慣れない言葉に、僕は首を傾げた。

「碧筩杯？」

「はい。大きな蓮《はす》の葉の中心に簪《かんざし》で穴を開けるんです。そうして蓮の葉の上にお酒を注いで、反対側、茎の方からちゅうちゅう吸うんですよ。蓮の良い香りがするし、冷たくてとても美味《おい》しいんです」

ようは蓮の葉を大きな杯にして、空洞になっている茎から吸うという事らしい。

「でもお酒はちょっと」

「そうですよ。華妃様はまったくお酒を召し上がらないのです」

女官の一人が苦笑いで言った。僕が飲まないせいで、女官達もおおっぴらにお酒を楽しむことが出来ないからだろう。

「この前の宴《うたげ》のような事になっても大変だもの、お酒は結構よ」

あの沈香亭での宴……宴を楽しむどころか、貴妃様達や李白《りはく》殿のせいで奔走したのだ。

当分お酒なんて見たくもない。

「だったらお酒の代わりに、棗《なつめ》や杏《あんず》の粉を水に溶きましょうか？」

耀庭が愛想良く言ってくれたけれど、僕は首をひねった。

「蓮……には毒がないのかしら」

「聞いたことありませんよ、大丈夫では？」

「……そうね」

確かに蓮……水花《すいか》や芙蓉《ふよう》と呼ばれて愛される身近な花だ。でも子供の頃、姐さんから毒のある黒い蓮の話を聞いた。

それにこのところ無害だと思っていたものに、毒が含まれていることもよくあった。本当に蓮に害がないかどうか、慎重になってしまうのも仕方ないじゃないか。

「蓮はいいわ。でも杏水は飲みたいから、お願いしても良いかしら」

耀庭にそうお願いすると、彼はぱっと表情を輝かせ、部屋から飛び出していった。

茹《ゆ》でて漉《こ》し、粉末にした果実を水で溶いたものは、お酒の飲めない僕には最高の飲み物だ。

「蓮に毒があるか？　なんて……毒妃様なんかとお付き合いされるから、そんなおかしな事が心配になってしまうんですよ！」

「そうですよ。それにきちんと毒見をさせますから」

鈴々《りんりん》と蘭々《らんらん》という、部屋係の女官二人が呆《あき》れたように言ったので、思わずう～んと唸《うな》る。

「でも自分や貴女《あなた》たちを守るためには、知らないより知っていた方が良いし、用心することは大事でしょう？　万が一、害があるものなら、私のために先に口にしてくれる人達が傷ついてしまうのよ」

確かに毒見の方たちが、僕を毒から守ってくれるかもしれない。でも、僕は彼らが傷つくことだって嫌だ。

だってきっとその人にだって、親や兄弟、家族がいるだろうから……。

「わたくしはね、わたくしによくしてくれる貴女たちが、つつがなく奉公を終え、いつか安全に家族の下に帰れるようにしたいのよ」

いつだったか、家の使用人に、翠麗が言った言葉だ。

「翠麗様……！」

それをそのまま伝えると、鈴々と蘭々は感激したようにうるうると目を潤ませ、僕の前に膝《ひざ》を突いた。

彼女たちの姿勢が低くなった事で、お茶の準備をしてくれていたらしい絶牙の姿が目に入る。

「絶牙はどう思う？」

僕の質問に、絶牙は少し困ったように眉間《みけん》に皺《しわ》を寄せた。

「蓮は安全かしら？　毒妃様に一応確認に行ってみるのはだめかしら」

勿論《もちろん》彼が答えられないのはわかっている。だから僕はそう続けた。

ようするに、僕は暇なのだ。

暑いし、部屋にいるのも退屈だし、陽が陰ってきたくらいの頃に、散歩がてらドゥドゥさんの所に遊びに行きたかったのだ。

けれど絶牙は、これ以上ないと言うほど顔を顰《しか》めた。

後宮内には色々と派閥もあって、僕と楊貴妃様がおおっぴらに親しくする事も、あまり周囲は歓迎しない。露骨に梅《ばい》麗妃の機嫌を損ねてしまうからだ。

誘ったら断るくせに、のけ者にされるのは気分が悪いらしい。僕らが結託し、彼女を追い出そうと相談しているのでは……と、心配になるんだろう。

それは気まぐれに遊びに来てくれる、太華《たいか》公主の存在についても同じだ。

誰と誰が親しくしていて、誰を陥れようとしているか、誰と誰の仲が悪いのか、後宮の中ではそういった人の関係性に、みんな聞き耳を立てる。

その点ドゥドゥさんと僕は美人と華妃という、明確に地位の違う立場であり、そして彼女はまだ一度も『皇露を賜っていない』――つまり、一度も陛下の寝所に侍《はべ》ったことのない女性ということもあって、僕らの関係性に緊張感がないのは一目瞭然《いちもくりょうぜん》だ。彼女と華妃は敵同士になり得ないのだ。

けれどドゥドゥさんは他でもない、この後宮の『毒妃』。

その禍々《まがまが》しい噂が、『高《こう》華妃』の名前を害してしまう事を、絶牙は心配しているのだろう。

……まあ単純に、絶牙とドゥドゥさんは、なんだかそりが合わないようだ、という事もあるけれど。

「でもね、物事は慎重な方が良いと思うのよ。話を聞きに行くだけだから」

本当にちょっとでもいい。息抜きに、この蒸し暑い部屋で、たくさんの人に傅《かしず》かれる環境から、ちょっとだけでいいから離れたい。

「……なぁに？」

絶牙が僕にお茶を差し出す。

それは甘い香りで――。

「…………」

僕はそれを一口すすって、深く溜息《ためいき》を洩《も》らした。

「そうね、蓮茶もあるんですものね」

姐さんも僕も大好きな蓮茶だ。みんなの言うとおり、やっぱり蓮は無害な花なのだろう……。

跪《ひざまず》いた絶牙に扇《あお》いで貰《もら》いながら、熱々のお茶をいただくというのは、本当に贅沢《ぜいたく》なことだ。

勿論僕は今『華妃』であるとはいえ、この贅沢は少々身に余る。

「扇いでくれなくてもいいわ。耀庭《ぼうぜん》が冷たい杏水を持ってきてくれるから」

申し訳なくてそう断ると、彼が呆然とした様子で肩を落とし、すごすごと下がっていったので、なんだか逆に悪いことをした気持ちになった。

今のは少し、そっけない言い方に聞こえてしまったかもしれない。それに女官達相手とは違い、同じ宦官同士というのは、やっぱり反目し合う気持ちが湧くのだろうか？

本当は僕だって、絶牙の他に宦官を側に置くつもりはなかったけれど、耀庭は契丹の出身で、李猪児《りちょじ》の縁戚《えんせき》にあたる少年だという。

宦官の李猪児は、姐さんと僕を繋《つな》ぐ鍵《かぎ》だ。

『尊敬する叔父《おじ》の李猪児に勧められ、是非華妃様にお仕えしたく参りました』なんて言われてしまったら、僕も彼を邪険になんか出来なかった。

でも……。

「……やっぱり気が変わったわ。みな下がって、代わりに桜雪と茴香《ういか》を呼んでちょうだい。わたくし水浴びがしたいわ。絶牙、すぐに準備なさい」

地位には順序というものがある。

僕も儀王《ぎおう》様にお仕えしていた時は、その順をよく守ったものだ。

立場のある人がそれを守らず、気に入った者を優遇するのは珍しくないし、それは持てる者の特権であり、それが野心を育て、誰かにとっては身を立てるきっかけにもなる。

けれど蔑《ないがし》ろにされた者は、けっして気分が良くはないだろう。

彼は恭しく僕に頭を下げ、水浴びの準備を始めた。

鈴々や蘭々達も皆ぞろぞろと部屋から出て行く。

作業をしている途中の人もいただろう。きっと迷惑に思った女官もいた筈《はず》だし、桜雪達にも仕事があるのはわかっている。

本当に申し訳ない気持ちでいっぱいだけれど、時には芝居が必要だ。持てる力を見せつけるための。

「え？　あ、華妃様？」

その時、杏水を持って戻ってきた耀庭が、困惑した様子で僕らを見た。

「ありがとう耀庭。そこに置いておいて。水浴びをするわ」

「でしたら、僕も何かお手伝いを――」

そう言いかけた耀庭の手から、絶牙が杏水の入った瓶を取り上げる。

「いいえ。陛下以外に『わたくし』を見て良いのは、ここでは桜雪と茴香、そして絶牙だけなのよ、耀庭」

できるだけ優しい口調で言ったものの、彼は拗《す》ねたようにしゅんとして、部屋を出て行った。

彼の忠心はありがたいことだし、もしかしたら彼も姐《ねえ》さんの使いかもしれなくても、現時点でこの状況は変わらない。僕と姐さんの入れ替わりを知るのは、高力士《りきし》様とドゥさんたちの他、この三人だけ。

何より僕と運命を共にする覚悟をもってくれた彼を、蔑ろにするわけにはいかないのだ。

「僕には貴方《あなた》が頼りです。絶牙」

慣れた手つきで僕の絹地の襦裙《じゅくん》を解《ほど》き、水浴び用の薄布に着替えるのを手伝ってくれる絶牙に、そっと耳打ちする。

彼は嬉《うれ》しそうに、少し誇らしげに微笑んだ。以前飼っていた犬も、順序を守ってやらないとすぐに喧嘩《けんか》したことを思い出した。

『群れ』の中では、人も犬もそう変わらないんだな。

──まったく、後宮がこんな風に面倒くさいことばっかりだなんて……聞いてなかったよ、姐さん。

二

「蓮《はす》に毒ですか？　私は聞いたことありませんけど」

僕の髪を丁寧に梳《と》きながら茴香《ういか》が不思議そうに言った。

寒すぎない程度のぬるい水に身を預け、桜雪《おうせつ》と茴香が髪を洗ってくれるのに任せながら、僕はどうにかドゥドゥさんの所に行く手立てがないか考えていた。

「でも昔、姐さんが黒い毒のある蓮の話をしてくれたんです。たしか大秦《ローマ》の方から伝ってきたものだと思いましたが……」

万が一にも他の女官達に聞かれないよう、そっと声を潜めて言うと、黙って聞いていた桜雪が首を振った。

「黒い蓮というのは見たことがありませんね」

「じゃあ……毒のある蓮は、少なくとも長安にはない花って事でしょうか？」

珍しい花は大抵が陛下に献上され、宮内で育てられたりするものだ。

「そうじゃないかと思いますわ。後宮に咲く蓮は大丈夫なのではないでしょうか」

ねえ、と二人の女官が顔を見合わせて頷《うなず》く。右の爪の先を花びらのような綺麗《きれい》な形に磨いてくれていた絶牙《ぜつが》も頷いた。

「じゃあ、その話を確認するために、ドゥドゥさんの所に聞きに行くというのは……？」

「…………」

おずおずと切り出すと、また三人は顔を見合わせた。

「必要であれば、女官を遣わせますが、華妃様が直接向かわれるのは……」

案の定桜雪の口からは、やんわりとした否定が返ってくる。

「……やっぱり、彼女と親しくしすぎては駄目ですか？」

「そうですね……ですが『華妃様』が、『どうしても』と仰《おつしや》るのでしたら、勿論《もちろん》お供いたします」

桜雪は澄ました優しい表情で言った。

でも僕は本当は『華妃』じゃないし、彼女の所を訪ねたいという自分がまるでわがままみたいだ。そんなの……諦《あきら》めるしかないじゃないか。

どちらにせよ、僕は一人での行動は許されないのだから、望む『自由』は、すべて『わがまま』になる。

わかっていても、このままだとあまりに動かなすぎて、逆に病気になってしまいそうだ。

「じゃあ、せめて涼しい時間に、少しだけ散歩に行きたいのですが……」

「そうですね、早朝でしたら宜《よろ》しいかと」

「早朝に？　やっぱり夕方は皆さんお忙しいですか？」

でも早朝だって、みんなに時間があるとは到底思えない。

その分早く起きて貰うのも忍びないし、できるだけ誰の手も煩わせたくないのだけれど……。

「ああ！　そうじゃないんです。時季がよくないんですよ」

困惑する僕に、はっとしたように茴香が言った。

「忙しいという事ではなくて、これからの時季、お妃《きさき》様達は日が沈んだ後にお出かけされない方が良いんです」

叱られてしまったような気持ちで、しゅんとした僕を気遣うように、茴香は努めて明るく優しい声で説明をはじめる。

「だって――気をつけないと、火焰《かえん》妃様が祟《たた》りに来ちゃうんですよ」

「え？」

けれどその内容は、茴香の朗らかな声とは全く逆の方向に流れていった。

「火焰妃……の、『祟り』ですか？」

聞いた事のない名前だ。しかも急に、そんなおっかない事が理由だなんて。でも茴香があんまりあっけらかんと言ったので、もしかしたら冗談なんじゃないかって思った。

なのに絶牙を見ると、彼も茴香の話を肯定するように、真顔でこくりと頷いた。

「ほ……本当なんですか？」

「はい。信じていない者もおりますが、後宮の昔話なのです」

僕の喉《のど》が、恐怖でごくりと鳴った。


桜雪と茴香が話してくれたのは、ざっとこんなお話だった。

その昔、後宮に火のように華やかで美しく、炎のように猛々《たけだけ》しい、『火焔』という妃《ひ》嬪《ひん》がいたそうだ。

今でこそ楊《よう》貴妃様のみを寵愛《ちょうあい》する玄宗《げんそう》陛下だけれど、お若い頃はもっと何人もの妃嬪を大切にしていたし、夜ごと象牙《ぞうげ》の札を引いて侍《はべ》る妃を選ぶという後宮の原則に則《のっと》り、何人もの妃嬪に寵を授けられていた。

けれどこの時の皇帝陛下は、そう何人も妃を囲う方ではなかったそうだ。

故にその皇帝が侍らせていた妃嬪は六人だけ。

火焔妃はその一人だった。

そしてその中で唯一、御子《みこ》を授かっていない妃だった。

この後宮において、陛下の御子を授かっているかどうかで、その立場は大きく変わる。いただく手当も、集まる尊敬も。そして御子が皇太子に選ばれたなら、その身は安泰だ。

皇帝の母になること。

それが後宮に住まうすべての女性達の、悲願といっても過言ではないだろう。

苛烈《かれつ》な火焔妃は、野心の炎も激しかった。

御子を授かるため、万策を尽くしたけれど望みは叶《かな》わず、やがてその願いは彼女を凶行へと走らせた。

彼女は次々に、五人の御子を手にかけたのだった。

それまでまことしやかに噂されてはいたものの、子供達を殺したのが本当に火焔妃だと誰も証明できずにいた。

そんな中、再び妃嬪の一人が赤子を授かった。

また火焔妃に殺されてしまうだろうと噂される中、大変賢いその妃嬪は、火焔妃の罠《わな》を次々と破って、やがて可愛い男の子を産み落としたのだ。

火焔妃の怒りと憎悪は頂点に達した。

燃えさかる嫉妬《しっと》の炎に灼《や》かれた火焔妃は、とうとう人目もはばからず、生まれたばかりの赤ん坊に油をかけて、燃やして殺してしまおうとした。

勿論母親である妃嬪だって、みすみす我が子を火焔妃の自由にはさせなかった。

皇子を奪い合い、そうしてとうとう火焔妃は、自分自身の放った炎に包まれて死んでしまったのだった。

火焔妃の憎悪の火は激しかった。

自らを焼き尽くしてもなお消せない憎悪は、死後も後宮に取り憑《つ》いて、以来この後宮では、夜が長くぬるい夏の季節が来ると、時々火にも触れていないのに、ひどい火傷《やけど》をしてしまうことがあるそうだ……。

「火傷を？」

「はい。勿論迷信……と言いたいところですけれど、実際に何年かに一度、そういう事が起きる年があるんです」

「…………」

最初は僕を驚かせて、足止めしようとしているのだと思ったけれど、桜雪は確かに怯《おび》えたように、不安げに言った。

ぬるい水はいつの間にか冷えていて、僕は寒さとも悪寒ともつかない冷気に身震いをした。

「だから女官達も、この時季だけはあまり夜遅くまで働きたがらないし、華妃様もお庭に行くならお日様のでている時間にしてくださいね」

茴香も本当に心配そうに言った。そんな事を言われてしまったら、僕だってもう、日が沈んでから部屋の外になんて行きたいとは思えなくなってしまう。

「わかりました……」

僕はぶくぶくと口元まで水に浸《つ》かって、溜息《ためいき》とともに諦めを吐き出した。

わかっているんだ。そんな自由に好きなことの出来る立場じゃないって事は。

そんな僕を見て、慌てて桜雪が言った。

「華妃様の仰るとおり、お部屋に閉じこもってばかりというのも、確かに良い事ではありません。ですから朝、夜が明けてから日差しが強くなる前に、散歩をすることにいたしましょう」

「いえ……そこまで手を煩わせるのも申し訳ないですから、もう少し秋が近づくまで我慢します」

答えながらふと思った。姐《ねえ》さんはいつもどうやってこの辛《つら》い時間を乗り切っていたんだろう？

退屈や、夏の暑さ、気味の悪い祟りの話——忍耐力のある姐さんだったら、耐え忍ぶ術《すべ》を知っていたのか、或《あるい》は平気だったのか？

それとも……。

「…………」

嫌な想像が胃の辺りをざらりと撫《な》でた気がした。けれどそれが形になる前に、僕は頭まで水に浸かって、心の雑音を閉め出した。

三

耀庭《ようてい》がいてもいなくても、そもそも『華妃』に一心に尽くしてくれる絶牙《ぜつが》は、結局こっそり僕の早朝の散歩に付き合ってくれるようになった。

と、言っても、寝衣に肩掛けを羽織った姿だし、自分の部屋の前庭をのんびり歩き回り、外の空気を吸うだけ。それだけだけれど。

朝霧がけぶる中、朝日を浴びてきらきら光る朝露で指先を濡《ぬ》らし、昨日はまだ咲いていなかったつぼみが開いているのを見るだけで、随分と心が軽くなるのだ。

特に夕べは本当に蒸し暑く、寝苦しい夜だった。

あの体の中にまで染みこむ不快な湿気と熱気を、洗い流してくれるような早朝の風が心地よい。

「昨日も鳴いていたこの小鳥、なんていう鳥なんでしょうね」

池の鯉に餌をやりながら、上機嫌で聞いた僕の質問に、絶牙は首を傾げた。

筆談という手もあるのに答えてくれないということは、彼も知らないんだろう。

代わりに、彼は僕の寝室の方を指さした。

「え？　捕まえて、飼うってことですか？」

こくこくと、彼が頷《うなず》く。

確かに既に小鳥は部屋にいるけれど、野生の鳥を捕まえるのは容易なことではないと思う……でも多分、『華妃』が欲しいと望むなら、後宮の中か外の誰かが捕まえて、届けてくれるだろう。

「……せっかく自由な小鳥を、ここに閉じ込めてしまうのは可哀想ですよ」

そんなの、人間だけで十分だ。

「それに姐――わたくしは、鷹《たか》のような大きくて強い鳥が好きなんです。突厥の方の人達は、鷹や犬鷲《いぬわし》を馴《な》らして腕に乗せて、兎や狐なんかを獲《と》ってこさせるんですって。だから、それなら鷹が良いわ」

僕の答えを聞いて、絶牙はにっこり笑った。もしかしたら既に姐さんはその話を彼にしていたのかもしれないし、姐さんらしいと思ったのかもしれない。

「だから……」

「華妃様！　こんな所にいらっしゃったんですか!!」

その時、突然一人の女官が部屋の方から慌てて声をかけてきた。

誰かと思えば姐さんの薬係である秋明《しゅうめい》で、彼女がこんな時間に、こんな風に焦って僕を捜すというのは、そうよくある事ではない。

「いったいどうしたのですか？」

僕が聞き終わるより先に、秋明は僕に駆け寄ると「お怪我はありませんか!?」と言って、僕の上着の裾《すそ》をめくろうとした。

絶牙が素早く、それを制するように間に入った。秋明は優しく、『華妃』の体をいたわってくれる心が強いあまり、時々こんな風に気がせいてしまうらしい。

「あ……し、失礼致しました。でも美人の方が、夕べ遅くに火傷を負われたんです。おそらく火焔《かえん》妃様の祟《たた》りだろうと――」

「美人!?　どなたですか!?」

秋明はその事を心配して、わざわざ僕が無事かどうかを確認するために駆けつけてくれたのだろうけれど、美人と聞いて僕には別の心配が湧き上がった。

「あ……もし毒妃様を案じていらっしゃるのであれば違います。ただ毒妃様の場合は、火傷を負われてもご自身たちで治してしまわれるので、薬房の方で把握していないだけかも……華妃様⁉」

最後まで聞くより先に、僕は走り出していた。

確かにそうだろう。ドゥドゥさんだったら、火傷をしても太医には頼らず、自分たちで治療しようとしてしまうに違いない。

でも、火傷はだめだ。火傷は恐ろしい。

昔、我が家の厨房《ちゅうぼう》で働いていた気の良い料理人が、ある日腿《もも》に少し大きな火傷を負った。

よく冷やせば大丈夫だと医者は言ったけれど、数日後、彼の足はみるみる爪先《つまさき》まで腫《は》れ上がり、高い熱を出して、そのまま亡くなってしまったのだ。

「ドゥドゥさん⁉」

そうして掖庭宮のはずれ、夏が訪れ、生い茂る木々の影がよりいっそう深くなっているドゥドゥさんの部屋にたどり着いた僕は、無作法にも乱暴にその扉を叩《たた》いた。

「ドゥドゥは眠っております」

やがてひどく迷惑そうな顔で、ドゥドゥさんのお世話をする女官が現れる。

「あ……あの、火傷は大丈夫ですか？」

「火傷？」

「はい。他にも火焔妃の祟りで、夜中に火傷をされた方がいると聞いて――」

「……ぷ」

「え？」

「祟り、ですか？」

真剣な僕に女官は噴き出したかと思うと、呆《あき》れたように嗤《わら》った。

「死んだ妃《きさき》の祟り？　なんて馬鹿らしいことを！」

「で、でも実際に火傷《やけど》をする人が――」

「火傷くらい、部屋の灯りでだってするでしょう!?　そんなくだらないことで起こさないでくださいませ！」

ドゥドゥさんの女官はちょっと怒ったように、そっけなく扉を閉めてしまった。

「え……」

呆然《ぼうぜん》と立ち尽くす僕の肩に、絶牙がふわりと肩掛けをかけた。

まだ朝早い時間なので、ほとんどすれ違った人はいなかったけれど、僕は髪も結わず、寝衣姿のままだ。誰かに見られる前に部屋に戻らなければ。

「それでも、あんな風に仰《おっしゃ》るってことは、火傷はされてないってことですよね……」

ほっとした。知らない人であれば、傷ついていいわけではないけれど、ドゥドゥさんはこの後宮で僕が知る、数少ない人だ。

友人、と呼べるほど親しくはないにせよ、彼女は茴香《ういか》を救ってくれた恩人でもあるし、彼女のお陰で救われた命に感謝もしている。そんな人には絶対に傷ついてほしくない。

「絶牙？」

まずは部屋に戻ろうと歩き出すと、絶牙がひょいと僕を抱きかかえ、目深に肩掛けを被《かぶ》るように手で示した。

このまま誰にも知られないように、急いで部屋に戻るつもりらしいけれど、絶牙がこんな風に抱きかかえる女性はそう何人もいないだろうし、みんなすぐに気が付くんじゃないだろうか……。

「部屋に戻ったら、すぐに着替えて、火傷をした美人の方を見舞いに行きましょうか。きっと怖がっているでしょうから」

大変なところを訪ねるというのは、逆に迷惑かもしれないと思う反面、とても不安な気持ちになっていると思うのだ。だって既に死んでしまった妃嬪《ひひん》の祟りだなんて。

「ドゥドゥさんの女官はあんな風に言っていましたけど……」

「………」

絶牙は返事が出来ないのだから、僕らの会話はいつも一方的なものになるのだけれど、僕を抱き上げて早足で歩いていた絶牙が、不意に足を止めてこちらを見た。

「え、何ですか？」

「…………」

たいてい彼が何を言いたいのかわかるけれど、今日はなんだかわからない。ただ彼は珍しく眉《まゆ》を八の字に歪《ゆが》め、そして首を横に振った。

「それは……美人を訪ねてはいけないと言うことですか？　ぼ……わたくしも危険だと言うこと？」

大きな頷きが返ってきた。確かに彼女を襲ったのは幽鬼……道理の通用する相手ではないかもしれない。

「でも、ここは後宮、復讐なら被害者は御子《みこ》と妃嬪だけなのでしょう？」

僕は正確には妃嬪ではないのだ。姐《ねえ》さんの姿をしているだけ。陛下の寵《ちょう》も当然ない。幽鬼ならそのくらいわかってくれるのではないだろうか？

「…………」

僕の言い分を理解してくれたのか、そうでなかったのかわからないけれど、絶牙は短く溜息《ためいき》をついて、やっぱり僕に首を振って何かを否定してから歩き出した。

部屋に戻ると、既に桜雪《おうせつ》と茴香が控えていて、僕には当然ながら雷が落とされた。

勝手に部屋を出たこと、ドゥドゥさんを訪ねたこと、それもろくに着替えもせずに。怒られるだろうな……と覚悟はしていたけれど、桜雪だけでなく、珍しく茴香にまで叱られてしまった。

この恰好《かっこう》で部屋の外に出てしまうのは、どうにも彼女の感性にそぐわなかったらしいのだ。

まるで罰を与えるように、今日の茴香は僕を着飾らせる気満々で、大量の衣類や装飾品を用意している。

茴香は僕に翡翠《ひすい》色と金色を組み合わせた配色をするのを好む。翠麗《すいれい》の名前にあやかってか、簪《かんざし》も金と翡翠が多い。

ぱっと見、鮮やかで美しいとは思う、けれど……。

「今日はもっと、優しい色に出来ませんか？」

「優しいお色ですか？」

「はい……可能であれば、夕べ火傷したという美人の方のお見舞いをしたいなと」

「それはお優しい……よい心がけと思いますが……」

茴香が答えながら、そっと桜雪を窺《うかが》った。

「そう……ですね。確かに悪いことではないと思いますが……」

なんだか歯切れの悪い答えが返ってきた。

「勿論《もちろん》迷惑にならないように、お菓子でも持っていくだけにしようと思っていますが」

一言二言声をかけて戻るだけの予定だ。でも姐さんだったら、きっとそうするだろう。

桜雪は少し考えごとをするように俯《うつむ》いた。

「お菓子だけでしたら、私がお届けいたしますが……それだけの事ではないのですよね？」

「あ、はい……」

「……でしたら部屋に呼ばれた方が宜《よろ》しいかと存じます」

「え？　でも怪我をされた方ですよ？」

「そうですが、わざわざ華妃様が出向かれる必要はないかと。火傷がそう酷《ひど》くないなら、彼女にこの部屋に来ていただきましょう」

桜雪がきっぱりと言った。華妃がわざわざ出向く必要はないというのだ。

「でもそれは……さすがに迷惑ではないでしょうか？」

呼びつけるのは本当に迷惑だろう。だけど桜雪は首を横に振った。

「どのような状況で火傷をしたのか伺いましょう。火傷の話は、あっという間に後宮内に広まっています。火焔妃の仕業だとみな不安になっているでしょう。本当にそうなのか、確認されてはどうですか」

「それは……確かに」

そして必要であれば、妃嬪達を呼び集めて、注意を促さなければならないという。皇后のいない後宮では、正一品《しょういっぽん》が妃嬪達の上に立たなければならない。

「翠麗の役目ですか」

「貴妃様は女達の前に立つことを好まれませんし、梅《ばい》麗妃は面倒ごとが大嫌いですから」

貴妃様の後宮での微妙な立場はわかるし、皇后候補だった翠麗がその役を担うのは、暗黙の了解だったらしい。

「わかりました……では、そのようにお願いします」

怪我人を呼びつけるのは気乗りしないし、それ以上に後宮の妃嬪達の前で話すっていうのも、不安だし気が滅入《めい》る。

「不安な気持ちになっているでしょう。せめて衣はほっとするような、あたたかい色にしてください」

そうだ——僕自身も、少しはほっとするような。

干し棗《なつめ》は体に大変良いとされている。中でも女性を美しくさせるというから、後宮で嫌がる女性はいない。

それをたっぷり用意して、火傷をしたという美人・安燐《あんりん》を待った。

午後にやってきたその人は、後宮の妃嬪達の中では年齢が上の女性だった。美人は後宮内ではそう位の高い妃嬪ではないけれど、それでも十分すぎるほど美しい。

全体的にぽってりとした、艶《なま》めかしい人だと思った。僕は少し苦手な類《たぐ》いの人だ。彼女は首と肩の辺りに包帯を巻いているようだった。

「わざわざ来てくださってありがとう。火傷の具合はどうですか？」

「あ……痛みますが、そこまで酷《ひど》いものでは……」

応接室で椅子に腰掛けた僕に膝を突いて、安燐が答えた。

「火傷の場所は首と肩なのですか？」

「は、はい……」

「どうしてそんな所を……ではやはり、火焔妃の祟《たた》りなのでしょうか」

「わかりません……でも気が付いたら赤く灼《や》けたように痛み出して、水疱《すいほう》が出来てしまったんです……」

彼女は少しおどおどしているようだった。返事がたどたどしく、僕と目線を合わせたがらない。

「火傷《やけど》は貴女《あなた》だけなのですか？　他の者達は無事でしょうか？」

「あ……あの……」

「遅い時間と伺いましたが、寝台でお休みになられていたら突然、という事でしょうか？　火焔妃の仕業では？　と言われていますが、その姿は見ましたか？　何か普段と違う事は？」

「…………」

とうとう、返事が止まってしまった。

「安燐？」

「…………」

質問が一度に多すぎて、早口すぎただろうか……。

仕方ないので、僕は一度黙って、彼女の返事を待つことにした。

安燐はやはり挙動不審で、答えに迷っているようだった。

僕は思わず嘆息した。

彼女は少し慌てたように、「それが……」とやっと口を開いた。

「他にもその……宦官《かんがん》も一人、火傷を負っておりまして」

「宦官も？」

「は、はい」

「その者は無事なのですか？」

「はぁ……彼は手に軽い火傷を被っただけで、それもそう酷いものでは……」

「二人とも同じ部屋にいたのですか？　深夜に？」

「華妃様」

安燐の返事を待つより先に、桜雪が僕に声をかけてきた。

「はい？」

「恐れながら、もしそれ以上お聞きになるのでしたら、場を変える必要があるかと存じます」

「場を？」

桜雪が僕を窘《たしな》めているのがわかった。安燐は伏し目がちに僕を怯《おび》えた目で見ている。控えている絶牙を見ると、彼も何か言いたげに僕を見て、少しだけ眉《まゆ》を顰《ひそ》めた。その横で、耀庭だけは、なんだか笑いをかみ殺したような顔をしている。

「あ……えっと……ではとにかく二人とも酷い火傷ではないということね？　そう、それなら安心しましたわ」

何が何だかわからなかったけれど、ひとまず僕はそう言い直した。安燐もほっとしたように息を吐いた。

「私が伺いたかったのは、近くに火傷をするようなものがあったか、なのよ。灯《あか》りだとか、香だとか。つまり、本当に火焔妃のせいで怪我をしたかどうかという事よ」

「いいえ。明かりは確かに一つ灯《とも》しておりましたが、すぐに触れるような位置ではありませんでした」

安燐が首を振った。

「火の粉が飛ぶようなこともないということですね？」

「はい」

「では、幽鬼の姿を目撃したというのは？」

「それもありません……けれど、夕べはとても暑くて、ぬるい風が吹いていたように思います。気味の悪い夜だったような……」

「そう……」

気味が悪かったかは別にして、確かに夕べも寝苦しかった。

あんまり寝苦しくてうなされてしまったのか、夜中に数回、絶牙が冷たい布で僕の汗を拭《ぬぐ》い、冷やしてくれたほどだった。

結局それ以上は何もわからなかったし、怪我人を長く引き留める事もないので、一緒に来た近侍の女官に干し棗を持たせ、彼女を解放した。

「確かにおかしな火傷ではありますが、そう酷くないなら、本当に火焔妃の仕業かどうかがはっきりしませんね……その宦官にも詳しく話を聞くべきだったかしら」

多めに用意して貰《もら》ったので、残った干し棗を桜雪達に配り、自分も囓《かじ》りながら言った。

「宦官の方は、様子を見てからで宜《よろ》しいかと思いますが……」

と、またなんだか歯切れの悪い答えが桜雪から返ってきた。

「そう……ですか？」

思わず首をひねってしまうと、とうとう我慢できないというように、耀庭が噴き出した。

「やっぱり貴族のお嬢様は違いますねえ」

「耀庭……？」

「別に、そんなに珍しいことじゃないですよ。特に今の後宮では」

「何がですか？」

「だから、宦官と妃嬪《ひひん》とはいえ男女が深夜に二人きりなんて、決まってるじゃないですか。きっと二人は公言できない関係だってことですよ」

呆《あき》れたように言って、耀庭は干し棗を囓った。

「え？　そ……そうなのですか⁉」

驚いて桜雪と絶牙を見ると、二人はばつが悪そうに目を背けた。

「まあ、僕たち宦官と違って、後宮で働く女官達も家柄はそんなに悪くないでしょうけど、美しいけれどそれなりに年齢のいった美人ということは、宦官を懐柔したか、運が良く女官から美人に上がられた方でしょう？　宦官と女官が『親しく』なる事なんて珍しくないんですよ」

耀庭はあっさりと言った。

「でも……彼女は今は美人。陛下の妃嬪なのですよ？」

「そうですねぇ。まぁ、おおかた女官時代から親しくて、妃嬪になってからも離れられない間柄とか、そんな感じじゃないですか？　宦官と女官なら、実際夫婦になる人達だって少なくないですし」

確かに女官の嫁ぐ相手が、長く共に働いた宦官である……というのは、僕も耳にしたことはあるけれど、でも彼女はもう妃嬪なのに……。

「美人になってからも手を切らないなんて大博打《ばくち》、どっちも正気の沙汰《さた》ではないですけどね。でもまぁ……寵《ちょう》を奪い合う後宮で、肝心の陛下があの調子じゃあ、火遊びくらいしたくなるんじゃないですか？」

「陛下に対し、なんと不敬な事を言うのですか！」

桜雪が慌てて耀庭を叱った。けれど彼は悪びれもせず舌を出してみせた。

「……そういうこともあるのね」

後宮で、陛下以外に心を通わせる人がいるなんて。

「それで本当に火傷なんて、笑えないですけど」と耀庭は笑い飛ばしたけれど、僕はちっとも笑うことが出来なかった。

耀庭は不思議そうに、驚いている僕を見ていた。いや、軽蔑《けいべつ》しているか、無知に呆れているのかもしれない。

「まあ、わりとよくある話じゃないですか？」

「だとしても、やはり正しい事ではないわ」

僕はちょっとムッとして答えた。耀庭はますます嗤《わら》うように目を細めた。

「だけど特に僕ら少年宦官が、お妃様《きさき》達をお慰めする事は珍しくないんですよ。華妃様は寂しくないんですか？　皇后陛下になられる予定で後宮にいらしたんでしょう？　綺《き》麗《れい》でお若いのに、毎晩お一人じゃありませんか」

「わ、わたくしがですか？」

「いい加減になさい、耀庭！」

そこでとうとう、我慢の限界というように、桜雪が強く言った。絶牙も表情が硬い。

耀庭は肩をすくめた。

「……そう思うなら、貴方《あなた》もわたくしを楽しい気持ちにさせてちょうだい、耀庭」

僕は溜息《ためいき》と共に絞り出し、花の終わった富貴花《ぼたん》の葉が揺れる庭を見た。

「……毎日庭が綺麗だわ。お茶も美味《おい》しいし、貴方たちはみんなわたくしに優しいわ…

……でも確かに、貴方の言うとおり、息が詰まりそうに思うこともある。李猪児《りちょじ》はとても話すのが上手《うま》いと聞きました。貴方もとても利発で、物怖《ものお》じせず、口が達者のようね、耀庭」

かつては楊《よう》貴妃様にお仕えする宦官であった李猪児。彼はその巧みな話術を買われて、安禄山《あんろくざん》氏のお付きになったと聞いている。

「だからわたくしが退屈をしている時は、貴方がもっと楽しい話を聞かせてちょうだい？　勿論《もちろん》陽のある時間に、絶牙や女官達が一緒の時によ。みなが喜ぶように」

少なくとも今のままでは、桜雪達も穏やかでいる事が出来ない。

「……御意にございます」

僕にまでしっかり釘《くぎ》を刺されて、耀庭は少し拗《す》ねたように唇を尖《とが》らせた。

「疲れたわ。少し休みます。絶牙、お茶を淹《い》れてちょうだい。うんと熱いのを」

なんだか急に疲労感を覚え、僕は寝室へ向かった。

寝台に横たわりながら、やっぱり耀庭は部屋から解雇した方が良いかもしれないと思った。彼はなんというか……本当に口が達者すぎる。

だけど桜雪達は、僕に『あえて言わないこと』が多いのかもしれない。

僕は子供だし、後宮には時折とても昏《くら》い部分がある。彼らは僕にそれを見せたがっていないような、そんな優しさを感じる。

でもそれが姐《ねえ》さんの代理を務める上で、まったく障害にならないとは言いがたい――

今日のように。

それに……ここでは『玉蘭《ぎょくらん》』ではなく『翠麗』であったとしても、歳の近い同性が近くにいてくれると、なんだかほっとする。

なんとか上手くやっていくしかないか……。

諦《あきら》めのように心の中で呟《つぶや》いて、少しだけ目を閉じた僕を案じるように、絶牙が僕の額に触れた。

「大丈夫ですよ？　熱はないし……今は風が涼しいから」

大丈夫だと言ったのに、絶牙は冷たい水で濡《ぬ》らした布を持って戻ってきた。

こんな風に献身的に仕えられると、陛下の妃であったとしても、心が揺れてしまう時があるのは仕方がないのかもしれない。

だとしても、万が一陛下に知られてしまったら、二人ともけっして許されはしないだろう……。

それでも消せない情念のようなものに惹《ひ》かれ、火焔妃は現れたんだろうか？

このまま他に被害が出なきゃ良いけれど……僕はそう思いながら、大きな窓の向こうを見た。

陽が沈みかけた空は、燃える火のように赤かった。

四

再び火焔妃《かえん》が姿を現さないように祈りながら、数日が過ぎた。

もしかしたらこのまま上手く夏が終わってくれるかもしれないと淡い期待をしたものの、噂では夕べ女官の一人が火焔妃に襲われたらしい。

詳しい話を知りたいと思ったものの、ここ二日ばかり蒸し暑くて眠れず、すっかり食欲もなくなってしまって、僕は朝からずっと寝台の上だった。

そこまで具合が悪かった訳ではないけれど、起き上がって着替えをすると暑くてたまらないのだ。

だから寝衣のまま、風のよく通る寝室で過ごすのが一番楽だったし、食べ物が喉《のど》を通らないので、動けばすぐに疲れてしまう。

それでも、今日は久しぶりに少し涼しい……と目を閉じていると、扉が叩《たた》かれた。

「高力士《こうりきし》様がおいでです」

女官の一人がそう教えてくれた。

慌てて起き上がろうとすると、高力士様は手を上げてそのままでいいと合図した。

「そなたが暑さに厭《あ》いていると聞いてな。陛下が『氷水』を取り寄せてくださったのだ」

「わたくしにですか？」

「ああ。表向きは貴妃様のためではあるが、実際はお前のためだ。今年は特に暑い。この暑さでまた体を壊すことのないように案じておられた」

氷水は遠い山の上から取ってきた雪に、蜜《みつ》をかけて食べる贅沢《ぜいたく》な食べ物だ。この時季に、ここまで雪を解かさずに運ばせられるのだ。改めて陛下というお方はすごいなと思った。

しかもそれを、わざわざ翠麗《すいれい》の為に……だなんて。

「陛下はお優しいのですね」

「他にも欲しいものがあれば、なんでも揃えてやるようにと仰せだ。特別な絹地も用意してくださった。纏《まと》うとさらりと氷のように涼しいというから、茴香《ういか》にすぐに仕立てさせなさい」

ああ……なんというお心遣いだろうか。

けれどすべて内緒にしておくように、と念を押された。もし楊《よう》貴妃様に知れたら、嫉《しっ》妬《と》して不機嫌になってしまうからだ。

そこまで機嫌をとろうとするなんて、陛下にとってやはり大切なのは、楊貴妃様ただ一人なのだろう。

美しい話だと思うと同時に、絹地をいただくことですら、隠しておかなければならないほど、後宮の妃嬪《ひひん》達は陛下の寵から遠いのかと思い知らされる。

もちろんそうでなくては困る――僕自身は。

いくら翠麗に似ているからと言って、それはこの衣と化粧のお陰であるし、陛下のお召しに応《こた》える前に、妃嬪は宦官《かんがん》によってすべての衣類を取り払われ、裸体のまま羽毛につつまれ、陛下のところに運ばれるという。

陛下を瞞《だま》す前に宦官達の手によって、僕が偽物だというのがばれてしまうだろう。

でもそうでなかったら、きっと辛《つら》かっただろう。

この唐では、妻以外の女性を囲うことは罪じゃない。

でもそれは、女性達がみな一緒に本邸で暮らせるならば……という場合に限る。妻以外の女性と親しくなって、別宅に住まわせるというのは違法なのだ。

それはつまり、どの女性も不満にならないように、等しく大切にできるならば迎えて良い……ということなんだろう。

だったら陛下自身が、その法を全然守れていないんじゃないか。

「……………」

「どうした？」

「いえ……」

きらきらした雪を匙《さじ》で掬《すく》い、僕は不満とともにそれを飲み込んだ。陛下のお心はとても冷たくて甘い。

「とにかく、自愛しなさい……他に何か心配事はあるか？」

高力士様は一度後ろを振り返り、絶牙《ぜつが》に目配せをして、女官達を部屋から遠ざけるように指示した。

「心配事……叔父《おじ》上は『火焔妃』のお話はご存じですか？」

「ああ……また夕べ『祟《たた》り』があったと聞いている」

「やはり、そうなのですか……」

安燐《あんりん》達の時はまだ断言できなかったけれど、とうとうその姿を現したということだろうか……。

「毎年彼女の幽鬼が鎮まるよう、慰められるように陛下が祀《まつ》られているが……それでも時々、こんな暑い年に姿を現すのが『火焔妃』なのだ」

だが、と高力士様は続けた。

「おそらくその、焼けただれた姿を見られたくはないのだろう。幸い火焔妃は日中には現れず、暗い深夜にだけ人を襲うのだ」

「確かに今のところ、現れているのは夜でしたね」

「それでいて、やはり己の無念を伝えたいのだろう。起きている人間しか襲わないと言われている。故に眠ったように目を閉じてさえいれば大丈夫だ。だから過剰に恐れることもないし、どういう訳か現れるのもせいぜい十日やそこらなのだ」

なるほど、毎晩寝苦しいとはいえ、きつく目を閉じてさえいれば危険はないということか。それも十日という長くもない期間に。

「であれば、多少不自由でも、女官達にも深夜に仕事はさせぬよう、みな夜は休ませるように妃嬪達に伝えます。十日ほどであれば大きな支障は出ないでしょうが、可能であれば宦官をよこしてください」

幽鬼も恐ろしいが、女官達は万が一妃嬪に叱られるような状況も、同じく恐ろしいだろう。女官によっては、どうしてもその日のうちに済ませなければならない仕事もある。それで働くなと言うのは無責任だし、ならば火傷《やけど》の方が良いと、従わない女官も出てきてしまう。

「すぐに手配しよう。今夜から見張りの方も強化させる。そなたもよくよく気をつけるようにな」

見張りの兵が傷つくのは不憫《ふびん》だし、幽鬼に衛兵がどこまで通用するかはわからないけれど、妃嬪達の不安を取り除くいい材料にもなるだろう。

よろしくお願いしますと頭を下げ、再び顔を上げると、高力士様はなんだか面白がるような表情で僕を見ていた。

「……どうされたのですか？」

「いや……」

高力士様は周囲の人気《ひとけ》を気にした後、そっと僕の耳元に唇を寄せた。

「ただ今一瞬、本当に翠麗と話しているような気になったからだ。小翠麗」

ふふ、と笑って、高力士様は僕を労《ねぎら》うように頭を撫《な》でた。幼い頃、上手に書を読む度に、こんな風に褒められたことを思い出して、僕も思わず笑みが溢《あふ》れた。

「今思えば、苦労するであろう出自のお前が少しでも困らぬように、あの子はしっかりとそなたを育てたのであろうな」

だからといって、それがこんな風に活《い》かせるとは思わなかっただろうが……と、高力士様の笑顔が寂しげに変わった。

「……まだ姐上《あねうえ》の所在はわからないのですか？」

「方々に、信用の出来る者を放って捜させてはいるが……」

「…………」

おそらく姐《ねえ》さんは、安禄山《あんろくざん》氏の下にいる。正確には李猪児《りちょじ》の下に。やはり高力士様には話すべきだろうか？　と、胸がざらついた。

けれどこれは、僕と姐さんの秘密だ。それは誰にも明かせない——たとえ叔父上だとしても。

「お前には苦労をかけるが、もうしばらく耐えておくれ、小翠麗」

「わかっております」

僕は深々と、もう一度頭を下げた。この世で一番欺きたくない人に、嘘をつくことを心の底でお詫《わ》びしながら。

陛下の氷水のお陰か、少し気分が良くなった僕は、すぐに支度を済ませ、後宮の一番広い部屋に妃嬪達を集めた。

覚悟をしていたつもりだったし、使命感のようなものに突き動かされてはいたものの、九嬪、二十七世婦、八十一御妻《みめ》――後宮の百人を超える妃嬪達が、こんな風に一堂に会するのは圧巻だった。

その多くは献上された……つまり、野心を持った貴族、役人、節度使達が、陛下に捧《ささ》げた子女達で、本当に息女であることもあれば、親戚《しんせき》筋の器量の良い女児を養女にして、後宮へ上がらせる場合も多い。

また街で美しいと評判の娘を、役人が連れてくることもある。

運が良ければ陛下に侍《はべ》る事があるとしても、立場は女官である正六品《しょうろっぽん》以下、八十一御妻の宝林《ほうりん》、御女《ぎょじょ》、采女《さいじょ》でさえ、どの女性もはっとするほどに美しい人達ばかりだ。

きっと国中の美しい女性達が、ここに集められているのだろう……。

僕はとても緊張しながらも、なんとか彼女たちに火焔妃の事を話した。

今日より十日、深夜の仕事は避けること、多少の不自由は女官を責めずに耐えること。火とはとても恐ろしいものだ。そして相手は道理の通じぬ存在だ。故に女官も自分たちも、侮らずにしっかり災いから身を守らなければならない。

なのにみんな半信半疑という感じで、あまりしっかり伝わりきった気がない。

それよりも、夜になったら女官達が休んでしまう事への不安が大きいようだった。

「ですから……」

ざわざわとした女性達を前に、どうやって伝えれば良いものか……と思いあぐねていると、唐突に梅麗妃《ばい》が現れた。

来ないと思いつつ、一応声をかけておいたけれど、遅れたにせよ本当に来てくれるとは思わなかった。

「あ……あの……」

彼女はつかつかと不機嫌そうな表情でやってきて、すっくりと僕の横に立った。

僕と翠麗より高い身長、つんと高い鼻梁《びりょう》、切れ長の瞳《ひとみ》。口元を扇で覆う仕草もしとやかだ。

寒い季節に咲く梅は、凜《りん》と美しく、高潔で、揺るぎない――梅麗妃はまさに、そういう女性だ。色香と言うより、その知性で陛下を魅了した人なのだろう。

「梅麗妃、来ていただけるとは――」

そう言って僕は慌てて彼女に席を譲ろうとした。彼女は麗妃、翠麗は華妃だ。四夫人の中での席次は彼女の方が上なのだ。

けれど彼女は僕が譲るまでもなく、僕の前に、ずい、と立った。

「誰も火焔妃を侮ってはならぬ」

つんと澄ました彼女は、妃嬪《ひひん》達にきっぱりと言った。

「妾《わらわ》が後宮に上がってすぐの頃、同じように幽鬼が現れた事があった。その時武《ぶ》恵妃様の女官の一人が頬に火傷を負い、左の眼も光を失った。古く後宮にいる者であれば知っているであろう。自ら毒を呷《あお》って逝った宝林の事を」

ひっ、と息をのむ者、困惑する者——さっきとは明らかに違うざわめきが、さざ波のように広がっていく。

「陛下の寵愛《ちょうあい》をいただいていた武恵妃様の近くにですら近づけるのが、火焔妃という鬼じゃ。勿論《もちろん》妾はそなた達が何人醜くなっても構わぬ。貴妃が陛下の寵を失った時、邪魔になる者は一人でも少ない方が良い」

美しく、そして意地の悪い笑みを浮かべて梅麗妃が告げると、女性達の表情がくっきりと恐怖に変わる。

「良いか？　己の顔を失いたくなければ、華妃の言うとおりにせよ——わかったか？　わかったなら、みなすぐに部屋に戻りや！」

梅麗妃がぱちんと扇を閉じると、妃嬪達はばたばたと部屋から出て行ってしまう。でもあの調子なら、女官達を夜に働かせることもないだろう。

ほっと胸をなで下ろす僕を、梅麗妃が冷たい瞳で見た。

「は、あ、あの、あ……ありが——」

「また臥《ふ》せっていたと聞いた」

慌てて僕がお礼を言い終わるより先に梅麗妃が言う。

「え？」

「妾はそなたが嫌いじゃが、貴妃はもっと好かぬ」

「は……？」

「自愛せよ」

言葉とは裏腹に不愉快そうにフンと鼻を鳴らして、梅麗妃はすたすたと歩き出す。ぽかんとする僕に、あの意地悪な女官がすすっと歩み寄ってきた。

「華妃様のご体調がよろしくないと伺って、梅麗妃様はわざわざこちらにいらっしゃったのですよ？　感謝してくださいませ」

つまり……もし僕――翠麗に何かあって、代わりに前に立つのが自分だったり、楊貴妃様になることの方が嫌だって、そういう事だろうか？

僕にしっかり言い聞かせるように、いつもよりゆっくりとした口調で言ってから、さっと梅麗妃の後に従う女官を見て、僕の隣に控えていた桜雪《おうせつ》が、ムッとしたように眉《まゆ》を顰《ひそ》めた。

「恩着せがましいことを……」

桜雪は不満げだったが、僕は慌てて二人の後を追った。

「梅麗妃！」

廊下で声をかける。けれど彼女は足を止めてくれなかった。

「ありがとうございます、貴女《あなた》のお陰で、みなさんを幽鬼から守れます！」

それでもその背中に、そう叫んだ。

「それにわたくしは、好きでございます。梅の花のようにお美しい梅麗妃様のことが！」

とうとう梅麗妃は、ぴた、と足を止め、迷惑そうな表情で僕を振り返る。

「後宮の女はみな敵じゃ」

吐き捨てるように言って僕をにらむと、梅麗妃はすたすたとまた歩いて行ってしまった。

「そもそも、本来であれば梅麗妃様のお役目ですのに」

桜雪は不満げに言ったけれど、僕は微笑んだ。

「でも、『自愛せよ』って、お優しいじゃありませんか」

しかめっ面で言うには、似つかわしくない優しい言葉なのに。

「それに、これで妃嬪達の被害は減るはずです……できればこのまま、一人も怪我をせずに、火焔妃の災いが鎮まると良いのですが」

幽鬼の考えることはわからないけれど、眠っている人間にまでは悪さが出来ないというのは良かった。梅麗妃にあんな風に言われれば、妃嬪達もおとなしく休んでくれるはずだ。

——と、その時僕は安易に考えていた。

でも人の心は、簡単には縛れない。

それから数日後、再び火焔妃は現れて、後宮内を更なる混乱に陥れたのだった。

五

高《こう》華妃の朝は、びっくりするほど美味《おい》しくない薬湯から始まる。

華妃の健康維持という名目はもちろんのことだが、実は僕の男性としての成長を遅くする為の効果もあるというから、当面の間は飲まないわけにはいかない。

とはいえ、これは本当に不味《まず》いのだ。

しかも最近、なんだか不味い味に加えて、変な臭いがするような……。

「最近……薬湯の味が少し変わった気がするわ」

とうとう我慢できなくなった僕が、毎朝薬を運んできてくれる秋明《しゅうめい》に言うと、彼女は、ふふ、と笑った。

「あ、はい……それが、華妃様が暑さでお体を害されないように、陛下がこっそりと虫《ちゅう》草王《そうおう》をご用意くださったんです」

そっと彼女は僕の耳元に唇を近づけると、周囲に聞こえないように、そう囁《ささや》いた。

「……虫草王？」

なるほど、陛下のお心遣いだったのか。それはありがたい。その虫草王がどんな薬なのかはわからないけれど。

「それと王乳《おうにゅう》も少し。どちらも大変滋養のある、特別なお薬なんですよ」

たいへん高級なお薬です、と付け加えられてしまったら、どんなに嫌でも、やはり飲まないわけにはいかなくなってしまった。

「……貴女も少し飲む？　秋明」

「え？　私がですか！？」

「ええ、飲んで悪いことがないなら。貴女も酷《ひど》く疲れた顔をしているし……」

そうして、飲む量をちょっとでも減らせたら……と淡い期待を込めて言ってみたものの、秋明はぶんぶん勢いよく首を横に振った。

「そんな恐れ多い！　私のことなら大丈夫です。この通り体も大きく丈夫な質《たち》なのです。ただちょっと……夕べの騒ぎのせいで、あまりよく眠れなかっただけですから」

「そう……夕べまた、火焔妃《かえんひ》が現れたと聞きました」

もうどうか誰も、被害に遭わないようにと祈っていたけれど……。

「はい……司灯《しとう》の女官が一人」

司灯――つまりは後宮内の灯《あか》りを管理する女官だ。

どうしても夜に働かざるを得ない彼女が傷ついてしまったことは、やはり申し訳なく思ってしまうけれど。

「でもそれは……灯りの係なら、灯籠《とうろう》の火で怪我をした訳では？」

「いいえ、それならば本人も恐れはしないでしょう。彼女の話によると、確かに灯りの近くにはいましたが、けっして火傷《やけど》をするような状況ではなかったと言います」

それは安燐《あんりん》の時と同じ状況のようだ。

「何か……他にはないの？　怪しい声を聞いたとか、幽鬼の姿を見たりだとか……」

その質問にも、秋明は首を横に振った。

「暗かったそうですし……ただなんだか首の辺りにざわっとした、悪寒のようなものを感じたとか」

「悪寒……ですか」

「はい。それでなんだろうと思っている内に、気が付くと首がひりひりと痛み出したそうなんです」

そして痛みはどんどん酷くなっていって、慌てて太医を訪ねたところ、首から胸にかけて、ちょうど襦裙《じゅくん》の衿《えり》に沿うような形で、真っ赤な火傷が出来ていたそうだ。

「襦裙の衿に？」

「はい。そんな火傷、聞いた事がありませんでしょう？　だからやはり、火焔妃の仕業ではないかって。現に火焔妃は、気に入らない妃嬪《ひひん》の衣に火をつけた事もあったそうですから」

「そう……」

「……どうかしましたか？」

「いいえ。でも本当に火焔妃の仕業だとしたら、何故その姿を見せないのかしらと思ったのです」

彼女がなんの為に現れて、妃嬪を傷つけるのかはわからないけれど、例えば何かの警告なら、もっと訴えかけるような事があっても良いと思ったのだ。

「噂では、彼女は焼けただれた己の姿を、誰にも見せたくないのだと。だからいつでも闇の中に隠れていると聞きました」

「そう……」

高力士《りきし》様も言っていたが、確かに傷ついた姿は、誰にも見せたくはないか。

「きっとそれでも誰かに復讐《ふくしゅう》したくてたまらないんでしょうね。ずっとずっと。闇の中からずっと私達を見ているんでしょう」

「やっかいなことではあるけれど、その火焔妃も可哀想な方ね」

亡くなってもう何年も経つのに、今でもこんな風に祟《たた》りを起こすなんて。

死してなお燃ゆる怒りの炎を、彼女も持て余しているのだろうか……。

「でも、幸い今回の火傷自体は安燐様達と同様、酷いものではないんです」

「それは良かったわ……できるだけ貴女も作業を控えるようにしてね」

「お気遣い感謝いたします」

秋明が深々と頭を下げ、部屋を後にすると、入れ替わりのように手足を洗うお湯を持って、耀庭《ようてい》が現れた。

そういった着替え前の朝の身支度は、いつも絶牙《ぜつが》だけの仕事なので、彼は露骨に顔を顰《しか》めた。

「別に、おみ足くらいなら、僕が洗わせていただいてもいいでしょう？」

ちょっと拗《す》ねたように耀庭が言ったので、絶牙が何かを言いたげに僕を見た。

「そ……そうね、では、爪先《つまさき》だけならいいわ」

あまり絶牙にばかりお願いして、僕まで彼とおかしな噂を立てられてしまうと困る。

「三人の共通点は、やはり夜なのね。幽鬼だから仕方ないのかしら」

絶牙に髪を梳《と》かれ、耀庭に丁寧に足を洗われ、くすぐったさを感じながら呟《つぶや》くと、耀庭が、そうですねぇ、と答えた。

「白昼夢のように現れる幽鬼の話も、聞いたことはありますけれど……」

でも鬼といえば、みなやはり暗闇を好むものなのか。

「いっそ、わたくしも夜更かしをしてみたらいいのかしら……」

「………！」

途端に、僕の言葉に反論するように、絶牙は僕の二の腕をぎゅっと摑《つか》んだ。

「ぜ、絶牙？」

彼はうっすら青い顔をして、ものすごい勢いで首を横に振った。断固として反対の姿勢のようだ。

「冗談ですよ。わたくしが起きていたら、貴方《あなた》まで眠らないで控えているでしょう？それは申し訳ないもの」

彼は僕みたいに、昼間寝ている訳にもいかないし、もし彼が火焔妃に襲われても困る。

絶牙がほっと息を吐いた。その顔はまだなんだかひっそりと青い気がする。

「……大哥《先輩》、もしかして、火焔妃が怖いんですか？」

僕の足を綺麗《きれい》に洗い流して、胡人《こじん》から買い上げたという香油を塗り込んでくれていた耀庭が、絶牙を見上げ、目を丸くして言った。

途端に、ぐぬ、と絶牙の眉間《みけん》に深い皺《しわ》が寄る。

「え？　まさか本当に？」

耀庭が更に驚きの声で言うと、絶牙は、ぷい、と顔を背ける。僕と耀庭は思わず顔を見合わせてしまった。

「まぁ……貴方のようなよく鍛えられた人でも、恐ろしいものがあるんですね」

得体の知れない幽鬼は勿論《もちろん》怖い。絶牙のことを言えるわけじゃないけれど、それでもこんな風に彼が火焔妃に怯《おび》えているというのは、僕も意外でならない。

「大哥だったら、幽鬼くらいなんとかなりそうなもんですけどね？」

耀庭が首を傾げると、絶牙はなんともいえない表情で、また首を横に振った。

確かに幽《かそけ》し屍者《しじゃ》には、刀や拳《こぶし》は通用しないのかもしれないけれど……。

普段は勇猛な狼のように凛々《りり》しい絶牙が、本当に幽鬼に恐れをなしているとすれば由々しいことだ。何かの時、彼を頼るわけにはいかなくなる。

そしてここで僕に何かあったら、姐《ねえ》さんは二度と後宮に戻れなくなってしまうじゃないか。

これは軽率な行動は控えねば……と思った時、少し離れた自分専用の寝台で丸くなる白娘子《はくじょうし》が眼に入った。

「小さな獣たちは、怪しい存在を見ると聞いたことがあります。お部屋にいる間はきっと白娘子が追い払ってくれますよ」

本当に火焔妃が恐ろしいらしい絶牙が可哀想で告げると、赤いフカフカした布団の上で、白娘子がプン、と鼻を鳴らした。

翠麗《すいれい》のこの苛《か》烈《れつ》な愛犬であれば、幽鬼にも屈さないだろう。

絶牙は神妙な表情で頷《うなず》いて、その後白娘子に彼女の大好物の干し肉を与えていた。

六

梅《ばい》麗妃の口から、かつて火《か》焔《えん》妃のせいで恐ろしい怪我を被ってしまった女官の話は聞いていたものの、それでも僕はそこまで脅威には感じていなかった。

得体の知れない幽鬼は恐ろしい。

けれどみな火傷の程度は軽傷だったからだろう。

本当にそんなモノが存在するのか？　と、僕も思っていた気もする。誰かの悪戯《いたずら》なんじゃないかって。

眠っていれば、とくに害のない幽鬼というし、数日夜に気をつけていればいいだけというのも、そこまで恐れなくて良いと思ってしまった理由の一つかもしれない。

数日間の不自由というのも、僕自身はさほど感じなかった。

もちろん周りが感じさせないようにしてくれていたのだと思うし、特に耀庭《ようてい》が来てからというもの、絶牙《ぜつが》と耀庭の二人は、競うように僕の世話を焼きたがるので、不自由を感じる間もないくらいだった。

僕にとってはここ数日間、不安はあれどただ毎日暑いだけだ。

少し早く目が覚めたときは、絶牙と二人で早朝に庭の散歩をするだけ。

絶牙相手なので会話はほとんどないし、あっても僕が一方的に話すだけだけれど、それでも毎日同じ景色を見て、そのささやかな移り変わりを楽しむのが好きだ。

不意にいつまでも姐さんが帰ってこないことへの焦りを、咲く花の中に感じることもあるけれど。

唯一の心配は、いつも夜に起きて、陽光を避ける生活をしているドゥドゥさんの事だった。

多少の火傷《やけど》は自分たちで対処してしまいそうだし、そもそも女官があの態度だ。二人とも『幽鬼』という存在そのものを信じていないのかもしれない。

本人達がそうである以上、僕にはどうすることもできなかった。他でもないドゥドゥさんを僕が説得できるとは思えないからだ。

だから願った。早く時間が過ぎるのを。彼女が安全であることを。

そうして、後宮内の夜間の作業を禁止して八日が過ぎた頃、にわかに後宮内が騒がしくなった。

「また火焔妃が現れたというのですか？」

「はい。夕べのことです」

朝の身支度を済ませ、薬湯を啜《すす》る僕に、秋明《しゅうめい》が険しい顔で答えた。

それも今回は火傷だけでなく、襲われた妃嬪は火焔妃の姿を目撃したらしい。

「充容《じゅうよう》の禹央《うおう》様がそう仰《おっしゃ》って……火傷も随分酷《ひど》いのです。お顔と……部屋の一部も燃えてしまいまして……」

しかも鎮火にあたった宦官《かんがん》や女官達は、みな祟られて気が触れたようになってしまったというのだ。

「なんということ……充容とみなさんは無事なのですか？」

「はい……禹央様のお怪我は軽くはありませんが、幸いお命まで落とされる心配はないそうです。宦官達ももう正気を取り戻しています」

「そう……」

でも顔を怪我されたというのだ。同じように顔を火傷して、命を絶った妃嬪《ひひん》がいたと、梅麗妃が話していた。

たとえ命を落とさないにせよ、酷い怪我を負ってしまったら、強い心でいられるだろうか？

ここは後宮だ。美しさだけが人の価値のすべてではないけれど、ここに暮らす女性達は、みな自分の美しさにそれなりに自信を持っていると思う。

貴妃様がいらっしゃる今、まだしばらくは陛下の寵《ちょう》をいただくような状況ではないにせよ、このまま火傷の傷が癒《い》えなかったら……。

「せめて……お部屋は不自由のないようにして差し上げて。人手が必要なら、私の部屋から手伝いに行かせてちょうだい」

何か出来たら良いけれど、僕に出来ることは多くない。

「それにしても……本当にみな祟《たた》りにあったというのですか？」

「そうとしか思えない状況だったようです。火焔妃を見たという者もいれば、まったく覚えていないという者、美しい天女を見たという者もおりましたが……」

「天女……ですか」

亡くなってしまった美しい人が、生者を惑わす話は少なくない。

火焔妃は皇帝に寵愛された妃《きさき》なのだから、美しい人だった事には間違いない。宦官……つまりかつては男性であった者達なら、その色香に惑わされてもおかしくはないか……。

「でも、害を為《な》したとしてもあと数日の話なのに……そんな酷い事が起きてしまうなんて」

僕は改めて、火焔妃という幽鬼の恐ろしさに身震いした。

夜更かしをしてみようかな？　なんて、安易に考えていた自分が恐ろしい……。

「とにかく、充容にはできる限りの事をして差し上げましょう。きっとさぞかしお辛《つら》いはずです」

禹央様がどんな妃だったかは、正直記憶がない。でも九嬪の一人なら会ったことがあるだろうと思った。

「絶牙、後でお見舞いに伺えるように手配してください」

怪我をしている人に話を聞くのは酷だとは思うけれど、本当に火焔妃が辺りに火を放ったというなら、話を伺わなければならないし、さぞかし不安を感じているだろう。

「華妃様」

その時、女官の一人が寝室を訪ねてきた。その真っ黒な出《い》で立ちは貴妃様の女官だとすぐにわかった。

「お支度前に申し訳ございません。ですが、貴妃様が是非お招きしたいと」

「まあ、いつでありましょうか」

「それが、今日、このあとすぐに、と」

「え？　このあとですか？」

思わず絶牙と秋明、二人と顔を見合わせてしまった。僕はまだ起きたばかり、着替えも終えていないのだ。

「貴妃様だってお支度がありましょう。朝のお食事は？」

「貴妃様は朝はあまり召し上がりませんので、華妃様がお済みになり次第来ていただきたいと」

「そう……」

「それは、いくらなんでも急す――」

あまりに強引な誘いに、横で聞いていた秋明がしびれを切らしたように言いかけたけれど、それを僕は掌《てのひら》で制した。

「わかりましたわ、では支度が済み次第……そうね、一時辰（※約二時間）ほどでお伺いするとお伝えして頂戴《ちょうだい》」

横目でちらりと絶牙の顔を見ながら言うと、彼も頷いた……そのくらいあれば支度も済むだろう。

そこからは大騒ぎだった。

桜雪《おうせつ》は「不躾《ぶしつけ》にも程がありますわ」と不機嫌そうではあったものの、断るという形の駆け引きを僕も翠麗《すいれい》も好まないとわかっているんだろう。

そのかわりだと言うように「たとえ一時辰《じしん》しかなくてもけっして華妃様に恥ずかしい思いはさせないのだと、我々の矜持《きょうじ》を見せつけてやりましょう、存分に」と宣言したものだから、俄然《がぜん》茴香《ういか》の心に火が付いて、朝にちょっとお伺いする……なんてどころではない『お出かけ翠麗』ができあがった。

頭が重い、首がもげそうだ……。

朝起きてすぐにこの大騒ぎで、僕はすっかりヘトヘトだったけれど、むしろ大変なのはこれからだろう。

部屋を出る最初の一歩からふにゃふにゃした僕を支えるように、絶牙が手を引いてくれたので、素直に従って歩き出すと、見送ってくれた耀庭が、いいなぁと呟《つぶや》いた。

彼は昨日、灯籠《とうろう》の油を片付ける時に、うっかり左手を火傷してしまったらしいのだ。

「怪我なんてするからでしょう？　しかもこんな時に火傷だなんて、人騒がせなんですから」

そう蘭々《らんらん》に窘《たしな》められて、耀庭はさらに拗《す》ねたように唇を尖《とが》らせる。

「まったく。泥だらけになったり、火傷をしたり、貴方《あなた》って本当にやんちゃで忙しい子ね。まぁ火焔妃の仕業じゃなくて良かったじゃない。さあ、部屋の片付けを手伝って頂戴」

「ちえ……」

鈴々《りんりん》から、呆《あき》れたように言われ、ふくれっ面で耀庭が部屋に戻るのを見届けてから、僕らは歩き出した。

「貴方も火傷してしまいそうなほど、手を焼いていますか？」

思わず絶牙に問うと、そんなに……？　と思うほど彼は力強く頷《うなず》いた。

「でも聡明《そうめい》な子だと思います。仲良くしてあげてくださいね」

実際に、問題児に見せかけて、女官達からは可愛がられているし、僕もそう嫌いではない。達者なのは口だけでなく、よく気が利くし、仕事ができない宦官ではないのだ。

あのなんでもずけずけと言う様も、なかなか見ていて気分が良いものだ。

そしてもう少し親しくなったら、李猪児《りちょじ》について聞かせて貰《もら》いたい。

できることなら、彼に会えるようにして欲しい——できれば、高力士《こうりきし》様には知られない方法で。

一日でも早く姐《ねえ》さんに会って話をしたかった。

彼女が何を考えているのか、何をしているのか、そしてこれからの事を。

僕はやがて大人になる。そうしたらきっともう、姐さんの身代わりは務められないから。

すべてが手遅れになる前に、姐さんと話し合って——そうだ、何かを変える必要があるのだとすれば、二人で考えたら答えが見つかるかもしれない。

例えば後宮から出るとか……。陛下のお怒りを買わずに済む方法を、探せるかもしれないから。


そんな事を考えているうちに、貴妃様の部屋に着いた。

いつものように黒ずくめの宦官《かんがん》、女官達に迎えられて、僕は貴妃様の前に通された。

指先まで覆うほどゆったりして大きめな羽織を纏《まと》い、長椅子にくつろぐ姿は、相も変わらず大変お美しいけれど、こんな朝から呼びつけられた僕としては、少しは不機嫌な表情をするべきか迷った。

けれど僕と目が合うなり、貴妃様はほっとした表情を見せた。

もしかしたら演技かもしれなくても、その表情を見たら、言いたかった言葉は全部どこかへ飛んで行ってしまった。

「……昨晩の火事のことでございましょうか」

「そうね……」

不安げな表情の貴妃様に問うと、彼女は静かに頷いた。

「禹央の火傷《やけど》は酷《ひど》いのですか？」

「太医の話では、亡くなられることはないそうですが……お顔に傷を……」

「顔に……？　なんということ……」

「せめてこれ以上酷くならないように、お祈りするしかありませんね」

「……生きている方が辛いかもしれないけれど」

美しい人だからこそ、その悲劇が理解できるのだろうか。楊《よう》貴妃様は血の気の引いた顔で呟いた。

「陛下の後宮の女性達は、お顔の美しさだけではありませんわ。たとえ火傷をされてしまっても、充容の美しさが損なわれる事はないでしょう？」

特に陛下は芸術に対する思い入れが強いと聞いている。

絵や書を愛し、楽器を弾き、自ら作曲をもされるほどなのだ。九嬪より上の女性達は、みな何らかの才能に秀でている。

「だとしても、後宮では身の美しさが第一だと思うわ。私とて、この顔を失ってしまったら、陛下はもう私をお召しくださらないでしょう」

「何を仰《おつしや》いますか。陛下でしたら、たとえ貴妃様の美しさが損なわれようとも、貴女《あなた》を大切になさるでしょう」

「……そうかしら？」

楊貴妃様は一瞬、僕をさげすむような冷たい眼を向けた。

「も、勿論《もちろん》ですとも」

「…………」

貴妃様はどこか怒ったように、唇をきつく結び、少し黙って窓の外を見た。

美しい横顔だ。

他の妃嬪《ひひん》と違うのは、その瞳《ひとみ》の色や声、髪や指先、緩やかに弧を描く体と、蠱惑《こわく》的な香りだと思う。そして陛下が愛しているのは、そのすべてだろうに。

「それで、わたくしにご用というのは……？　充容の事だけではないのでしょう？」

彼女を不機嫌にさせるつもりはなかったのだけれど、こんな時間に呼び出されたせいで、僕の予定は滅茶苦茶《めちゃくちゃ》だ――まぁ、特に何か決まっていたわけではないけれど。

それでも彼女のせいで、朝から大騒ぎだったのだ。いい加減本題に入って貰いたい。

彼女もそれを思い出したように、口を開きかけた。

その時、宦官達が「陛下がお見えになりました！」と、大きな声で伝えたかと思うと、ややあって不安そうなお顔の陛下がいらっしゃった。

「玉環《ぎょくかん》！」

「三郎《陛下》……わざわざ来てくださらずとも、宜《よろ》しゅうございましたのに」

慌てて姿勢を正した楊貴妃様だったが、陛下は彼女ではなく、今度は少し不思議そうに僕を見た。

「おお……翠麗、こんな時間からそなたも貴妃を見舞ってくれていたのか？」

「え？」

陛下の質問に戸惑う僕が、それに答えるよりも先に、彼は楊貴妃様に向き直った。

「火傷はどうだ？　本当に大丈夫なのか？」

「そこまで酷いものではありません。手の甲と、掌《てのひら》の所に少しだけ」

どうやら貴妃様はお怪我をされたらしい。どうりで袖《そで》で隠されていたわけだ。それにしてもこんな時期に火傷とは……。

「余にとっては、どこも大切な部分だ、貴妃。こんな事なら、夕べもそなたを呼んでおくのだった……」

陛下がさも残念そうに言った。そういえば夕べは札が引かれていなかった。

「ご兄弟がいらしていたのですから、仕方がありませんわ」

話を聞くに、陛下は昨日ご家族と遅くまでお酒を楽しまれていたようだ。陛下がご兄弟を大切にする方だというのは、僕もよく耳にしたことがある。

「して……何故火焔妃が？　あれは寝ている者は襲わぬ幽鬼だ」

陛下が心配そうに、けれど怪訝《けげん》そうに言った。

僕は、はっとした。まさかとは思ったが、夕べ火焔妃に襲われたのは禹央様だけではなかったのか。

けれど僕が何か言うより先に、楊貴妃様が言った。あの綺麗《きれい》な双眸《そうぼう》で僕を見て。

「それが……久しぶりに陛下がおそばにいらっしゃらなくて、私、寂しくて。どうしても眠れませんでしたの。そうしたら、このお優しい翠麗様が遅くまで碁のお相手をしてくださって」

「え……」

「翠麗様は、高力士仕込みの腕をお持ちでしょう？　私……碁は強くありませんし、いつも陛下のお相手をしても、あまりに弱すぎて陛下はお楽しみになれないかと。ですから翠麗様に、時々こうやって碁を習うことにしたのですわ」

いけしゃあしゃあと、楊貴妃様が嘘を連ねた。

しかも「ねぇ？」と僕まで巻き込んで。この人は他でもない、この国の竜、玄宗《げんそう》皇帝陛下を欺こうとしている。

「そうなのか？　翠麗」

些《いささ》かこの嘘には思うところがあったのか、陛下が僕に問うた。貴妃様が鋭い目で僕を見ている。このしたたかな女性は、こうやって僕を共犯にするために、ここに呼びつけたんだ。

「え……ええ！　左様にございます。碁は幼い頃から、叔父上《おじ》と父上に鍛えられましたから」

でも……僕は結局彼女の望むとおり、同じ罪を背負うことにした。危険なことだけれど、僕はもっともっと重い嘘を陛下についている。

今ここで彼女に恩を売っておけば、僕が不味《まず》い状況になった時、彼女に助けて貰《もら》えるかもしれない。

「そんな夜更けにか？」

「寝苦しい夜でありましたし、貴妃様がお誘いくださっているのに、どうして嫌などと思いましょう」

「ほう……？」

陛下は半信半疑の表情だ。

当然だろう。まして今は火焰妃が現れると言われているのに。

「何故でしょうか？　夜というのは、いつもよりも饒舌《じょうぜつ》になります。わたくしも貴妃様も、本当はそこまで長くお話しするつもりはなかった筈《はず》なのですが、気が付いたらあっという間に時間が経っていて……」

「そうですわね？」と僕は貴妃様に相づちを求めると、彼女も悠然と頷《うなず》いてみせた。

僕らを見て、陛下はやっと納得した様子で頷くと、満足げに眼を細めた。

「何年も妃達《きさき》がいがみ合うのを見てきたが、大切なそなた達がまるで姉妹のように微笑ましく慕い合っているのを見ると、胸の暗雲も晴れる」

そう言ったものの、陛下はまたすぐに憂いを浮かべた。

「昨夜は禹央も火焔妃に襲われたのだ。急いで僧侶《そうりょ》達に幽鬼を鎮める支度をさせている」

陛下はたかが幽鬼一人と侮っていたことを、ここに来て後悔しているようだ。

「数年に一度、それもあの者が荒ぶるのは十日やそこら。じっと耐えていれば良いと思うていたのが間違いであったな……」

武《ぶ》恵妃様の女官が、火焔妃に襲われてその後、自ら命を絶ったことを、陛下は知らなかったのだろうか？

それとも、やはり貴妃様のこととなると話は別だと言うのだろうか。

忙しい中抜け出してきたという陛下は、すぐにまた公務に戻られるそうだ。

禹央様も酷い火傷を被られたと知っているのに、彼女のお見舞いには行かないのか……。

この後宮の女性達は、みな陛下のために存在するが、陛下は妃嬪のために存在しているわけではない——わかっていても寵《ちょう》の絶えた妃嬪に対する陛下の無関心さが、僕の心に冷たく影を落としていった。

七

陛下は来られたとき同様に、慌ただしく公務に戻られた。

女官の一人が持ってきたお茶を一口飲むと、やっとほっとしたように楊《よう》貴妃様が長く細い息を吐いた。

「火傷を……されたのですか」

「ありがとう。助かりましたわ」

「何故です？　どこで？」

「…………」

貴妃様は僕の質問には答えず、茶碗《ちゃわん》の中をぼんやりと見つめるだけだ。

「もしかして、夕べ充容の――」

「いいえ、違うわ。禹央の部屋ではないの。ただ……夕べは少し、散歩をしていたの」

「夜更けにですか？」

「ええ。一人では眠れなくて」

「…………」

慌てて答えた彼女に、今度は僕が黙る番だった。

既に僕は彼女の共犯者なのだから、陛下にわざわざ嘘をつかなければならなかった理由くらいは知りたいと思った。

でも知ってしまえば、僕の抱える罪もより深くなる気がする。

ここは彼女を信じるしかないか……僕は諦《あきら》めの息を洩《も》らした。

「……幽鬼の姿は見たのですか？」

「いいえ」

「それで、どうして本当に幽鬼の仕業だと？」

「わからないけれど、太医の見たてではそうではないかと」

なるほど、幽鬼から被った火傷《やけど》と、普通の火傷には違いがあるという事か。

「女官や宦官《かんがん》は？　一緒の者に怪我はなかったのですか？」

「一人だったの」

「一人……？」

深夜に、供も連れずに、一人きりで後宮の庭を散歩したというのだろうか？

こんな……火焔《かえん》妃が出ると言われている夜に？

「月を見たかったのよ」

訝《いぶか》しむ僕に、楊貴妃様が呟《つぶや》いた。

「月を見たかったけれど……夕べは見えなかった。とにかく、暗くて静かだったわ」

「火焔妃は寝ている者は襲いません。故に数日は深夜に働かないように、女官達にもふれを出していたのです」

「早く寝て良いと言われるなんて、忙しい女官達には珍しいことですもの、みんな喜んでゆっくり休んでいたでしょうね。確かに起きているのは私だけだと思った」

貴妃様が謡うように呟いた。

「風はぬるく、空は雲で覆われて、月も星も見えなかった。

真っ暗な庭に、ただ灯《あか》りを持つ私の影だけが伸びて揺れていたわ。

音はなかった。

夜の間は、虫も寝てしまうのかしら？

月がなければ、蛙たちもおとなしいみたい。（※月には蛙の神がいるとされている）

とにかく暗くて、静かで、そしてぬめっと暑かった。

だからあの庭の大きな杏《あんず》の木の下で、しばらく涼んでいたの。それでも時折吹く風は心地よかったから。

そうして、ある時少し強い風が吹いたの。かと思うとまた風の音もしんと止んでしまって……耳が痛いくらい静かになった時、不意に持っていた提灯《ちょうちん》の火が揺れだして……。

「それで、消えてしまうかと不安になって灯りを覗《のぞ》き込んだ途端、手にチリッと痛みが走ったの。咄嗟《とっさ》に痛い部分を庇《かば》うように反対の掌《てのひら》で包んで、こすり合わせたら……まるで呪《のろ》いが移るように、掌が熱くなった」

「提灯の火が原因では？」

なんとなく違和感を覚えながら問うた。違和感の理由は自分でもわからなかった。

「……わからないわ。わからないけれど、なんだか怖くなって、慌てて部屋に戻ったら……禹央の所に火焔妃が現れたというでしょう？」

だから慌てて太医に見て貰ったところ、やはり火傷は火焔妃の仕業だという。

「陛下は朝が早いから、すぐに彼の耳にも入ってしまって……この通りよ」

「でも……それならば素直に散歩に行かれたと仰《おっしゃ》れば宜《よろ》しかったのでは？」

「いいえ……だって一人で部屋を出たと知られたら、陛下はもっと心配されるし、余計な嫉妬《しっと》をされてしまうかもしれないんですもの……陛下は私の事が特別だから」

わざとらしく貴妃様がしなを作って言った。

特別、という言葉がまたチクリと胸に刺さったけれど、でも確かに彼女の言うとおり、陛下は心配されるだろう。

「せめて事前にお話しくださいませんと、話を合わせるわたくしの身にもなってくださいませ」

「あら？　でも貴女《あなた》はちゃんと上手《うま》くやってくれたでしょう？　違って？　翠麗《すいれい》」

「………………」

だって上手くやらないと、関わった僕にまで火の粉が飛ぶかもしれない。

色々と探られて困るのは僕の方なんだから辛《つら》い。

「……もしわたくしが協力しなかったら、どうされるおつもりでしたの？」

「力になってくれると信じていたから、その心配はしなかったわ」

にっこりと浮かべてみせた笑みは無邪気な子供のようで、それがいっそう貴妃様の得体の知れなさを窺《うかが》わせた。そんな風に言われたら、僕だって信じないわけにはいかないじゃないか。

「でも、このような頼られ方は困ります……もうおやめくださいね」

「そんなこと言わないで頂戴《ちょうだい》な、華妃……貴女のためでもあるんだから」

「わたくしのため？」

「ええ……そうね、私、こう見えてもちゃんと義理堅い方なのよ。愛と恩にはきちんと応《こた》えるようにしているわ……だからね、貴女に何かあった時は、私が力になるという事よ、どんな嘘をついてでも」

そう言うと楊貴妃様は、包帯をした手で僕の手をそっと取って、自分の髪に挿していた、赤い綺麗《きれい》な花を置いた。

赤い花は『是《はい》』──よりによって、こんな時に赤い花を出されてしまったら、つい信じてしまいたくなる。もちろん、彼女がその意味を知っているわけはないけれど。

「これは？」

名前を知らない花だったけれど、綺麗な花だと思った。水花《はす》の花びらのようにひらひらと嫋《たお》やかで、なのにぱっくりと開いた口の中心は血のように濃い赤で、美しくも禍々《まがまが》しい。

　まさに貴妃様のような花だと思った。

「昨日庭で見つけたの。見覚えがなかったから摘んできたのだけれど……貴女ならなんの花か知っているかと思って……華妃でもわからないのね」

「さあ……なんでしょうか？　でも、よくわからない花を髪に挿したりなさってはいけませんよ、毒があるかもしれないのに」

　窘《たしな》めるように言った僕に、楊貴妃様が、ほほほ、と笑った。

「毒だなんて、華妃はすっかりあの美人に毒されてしまっているのね。ふふふ。お友達によろしく伝えて頂戴な」

　別に、僕はドゥドゥさんに毒されたりなんてしていないけれど……。

　とはいえ、この花のことは気になる。本当に毒がないか、いったい何の花なのか、彼女に持って行ったら調べて貰《もら》えそうだし、元気にしているか——火焔妃に襲われたりしていないか、ついでに聞けて良いだろう。

　花を手に考える僕の頬に、楊貴妃様の両手が包み込むように伸びてきた。

「でも……本当よ、高《こう》翠麗。私は貴方をこの後宮でただ一人信頼しているし、守りたいと思っているわ。貴方が何を考えていたとしてもね。それは変わらないから——よく覚えていて。困った時に、貴方を救えるのは私だってことを」

　それは不思議な、説得力のある声だった。

前から思っていた。伸びやかではっきりと通るこの美しい声は、囀《さえず》る鳥よりも愛らしく、同時にすんなりと耳に、心に飛び込んでくるのだ。

もしかしたら陛下が愛しているのは、なによりこの声なのではないだろうか。

——ねぇ、玉蘭《ぎょくらん》。覚えていて。私は貴方《あなた》をこの家でただ一人の家族だと思っているし、守りたいと思っているの。いつどんな時だって、必ず貴方のためになることをするわ。だから何があっても、私を信じてね。

いつの日だったか、姐《ねえ》さんが僕に約束した言葉を思い出した。

気が付いたら、僕の頬には涙が伝っていた。

楊貴妃様は返事を出来ずにいる僕の涙を親指で拭《ぬぐ》うと、「もうお戻りなさい」と優しく言った。まるで子供に諭すような声で。

本当に信じても良いのだろうか？

僕は何か瞞《だま》されているんだろうか、都合良く使われているだけなんじゃないか？　って様々な考えが頭をぐるぐる回っていたけれど。

結局僕はこの美しい人を、少しも嫌いになれなかった。

八

自室までの帰り道、近侍の絶牙《ぜつが》は相変わらずのすまし顔だった。

ずっと後ろに控えていて、何もかもを見聞きしていたのに。

口のきけない彼で良かったと思いつつ、何か助言して欲しい気持ちもあった。

いつも寡黙に控えている彼の目に、僕はどんな風に映っているんだろうか？

もしかしたら滑稽《こっけい》に思っているかもしれない。

だとしたら遠慮なく教えてくれたら良いのに。僕は姐さんの代理とはいえ、中身はただの『玉蘭《ぎょくらん》』なんだから。


なんだか本当に朝から騒がしすぎて、こめかみの辺りがずきずきした。

きつすぎるくらいにきゅうきゅうに編まれた髪や、じゃらじゃらかんざしが挿され、重い髢《かもじ》のせいだけじゃないだろう。早く一度部屋に戻って休みたい……と思いながらぼとぼ歩いていると、部屋のすぐ前で、今度は別の妃嬪《ひひん》が僕を待つように立っていた。

「翠麗《すいれい》」

「梅麗《ばい》妃……いったいどうされたのですか？」

慌てて早足で駆け寄った。美しいのに、梅麗妃はいつも険しい顔をしている。

今日はその眉間《みけん》の皺《しわ》が更に深いような気がする。怒っているような、不安がっているような……。

「貴妃が火傷《やけど》をしたと聞いた」

「え？　あ……はい……」

「して、それは真《まこと》か？　火焔《かえん》妃の仕業かえ」

「ええ。姿までは見ていないそうなので、本当に火焔妃の仕業かどうかはわかりませんけれど……太医の話では、そうなのではないか？　と」

答えると、みるみる梅麗妃の顔から血の気が引いていったのがわかった。

「あ……で、でも、幸い怪我の具合は酷《ひど》いものではないそうですから、ご安心を！」

てっきり、本当に梅麗妃は楊《よう》貴妃様のことが嫌いなんだと思っていた。だけどほら、やっぱりこんな風に、なんだかんだ心配しているんだ。

怖いけれどいい人じゃないか――。

「……御子《みこ》は？」

「え？」

「太医はなんと言っておった？　陛下は？」

「な、なんの事ですか？」

「赤子を授かったのではないのか？　太医はなんと申しておったのだ！」

翠麗は春のような人だ。楊貴妃様は、良くも悪くも真夏のような人だ。そして梅麗妃はまさに冬に咲く梅の花、音も立てずに降る雪のように、冷たくて静か……。

そんな梅麗妃が、まるで取り乱したように僕につかみかかろうとしたので、絶牙がさっと間に入った。

刃は丸められているとはいえ、さすがに四夫人相手に刀は抜かないものの、体の大きな絶牙に遮られ、見下ろされてしまうと、梅麗妃はギリ……と歯を食いしばって身を引いた。

僕らを睨《にら》む眼には、はっきりと怒りの色があった。

「あ……赤子とは……いったいなんの事なのですか」

「……もう良い」

「え？　あ、梅麗妃⁉」

これ以上話しても無駄と思ったのだろうか？　彼女はさっと踵《きびす》を返して歩き出してしまった。

いつものお付きの女官が、ぎろっと僕らを睨んだけれど、結局二人はそれ以上は何も言わずに立ち去ってしまった。

「な、なんなんでしょうか、いったい」

「…………」

僕の質問に、絶牙も首を傾げてみせた。

本当にわけがわからない……。

そんな梅麗妃の怒りの理由は、部屋に戻り、昼餉《ひるげ》をいただく僕の給仕をしていた耀庭《ようてい》が解決してくれた。

「へぇ……なるほど。貴妃様も火焰妃に襲われたと広まれば、これはさすがに大きな騒ぎになりそうですね」

「いったいどういう事なの？」

「御子ですよ」

「御子？　つまり赤子と言うことですか？」

確かに梅麗妃も、しきりにそんなことを言っていた。

「あくまで噂なんですけれどね、今回の被害者です……宦官《かんがん》の一人をのぞき、みんな子を産んだことがある妃嬪や女官ばかりなんだそうですよ」

「え……？」

山椒《さんしょう》と肉桂《にっけい》、木蓮《もくれん》で風味付けされた湯餅《水餃子》をちゅると戴《いただ》いた僕は、思わず椀《わん》を落としそうになった。

「禹央《うおう》様は、梅麗妃と同じ山東《さんとう》貴族の良い家柄で、後宮に上がってすぐ陛下に寵《ちょう》を一度だけ賜ったのですが、幸いにしてその一度で御子を授かったそうです。ただ、まだ禹央様がお若く、お体が小柄だった事もあってか、お産には随分時間がかかって……残念ながら」

「お可哀想に……」

禹央様の体を引き裂くようにしてお生まれになった御子は、息をせずそのまま……もう十年以上も前の事らしい。

「痛ましいですね。まぁ、男の子だったそうなんで、実際は殺されてしまった可能性もありますけど」

「……………」

ここは後宮だ。男子はしばしば権力争いの犠牲になるのだ。

「禹央様もしばらくは起き上がれず、充容に封ぜられはしましたけれど、そのままずっと陛下のお呼びもかからないままだそうですよ」

司灯の女官は、陛下の寵こそなかったけれど、実は以前皇子の一人が彼女に随分入れ込んでいた時期があったそうだ。

「ですがそれもほんの僅《わず》か一時で、皇子の下に召し上げられる事もなく……ただその時、女の子の赤子を身ごもったとか」

噂ですけどね……と前置きした上で、耀庭は僕にこっそり言った。

後宮は女官達ですら美しい。そして多くは家柄の良い未婚の娘が選ばれる任だ。

本来後宮に入れる男性は、宦官だけと決まっている。男性でも女性でもない、第三の『性』である彼らだけが、国の子宮への立ち入りを許される。

けれど皇子・公主の母もまた、後宮の女性達だ。

母に会いたいという子の願いを遮るのは難しい。

十四を過ぎるまでは、皇子も後宮に立ち入る事が許される。

そして陛下の御子を授かった妃嬪達は、みな地位を得る。彼女の周りにはお世話をする女性達がいる――。

幸いその女の子は、すぐに皇子のご息女として引き取られ、育てられたそうだけれど……それはつまり、その女官は生まれてすぐ子供から引き離されてしまったということだろう。

「そして安燐《あんりん》ですが、宦官と彼女、どうやら所謂《いわゆる》『幼なじみ』なんだそうで。彼女が後宮に上がるのを追いかけるように、宦官になったと言います」

「まぁ……」

驚きの声を上げたのは、僕ではなく、同じく給仕をしてくれていた蘭々《らんらん》だった。

でもその驚きはわかる。宦官になるというのは命がけだ。

陽物を切り落とす痛みで亡くなることもあれば、傷が腐ってしまったり、小水用の穴が塞《ふさ》がってしまい、死んでしまう場合も少なくない。

「勿論《もちろん》宮女は、事前に清い体であるか調べられますし、まぁそんなことはないとは思いますが。とはいえそこまでするほど離れがたいという関係に、本当に何もなかったかどうか……邪推してしまうのも無理はないかと」

宦官も、検査なしに後宮には上がれないし、一度処置すれば終わりではなく、彼らはその機能が復活しないよう、定期的に調べられ、その都度追加の処置を受けるのだ。

だから今、彼に子供を生《な》すことは無理だとしても、妃嬪となった後も恐れずに、夜に密会するような二人なのだから……と、周囲が邪推しても仕方ないかもしれない。

「武《ぶ》恵妃様の……襲われた女性はどうなのですか？」

「……彼女の位は宝林で、武恵妃様のご体調が優れない日、何度か陛下の寵をいただいたことがあったのです」

宝林以下、御女、采女は女官だ。ただし陛下の寵を戴く可能性のある女官という立ち位置なので、運が良ければもっと上の位を得られるし、陛下が今よりもお若い頃は、彼女たちの中から相手を選ぶことも少なくはなかった。

勿論、陛下が直接後宮を訪れて、女性を選ぶわけではないのだが。

夜、象牙《ぞうげ》の札を引かれた女性だけが、陛下の下へ運ばれるのだ。だから野心を持つ宦官か誰かが、意図的に札を紛れ込ませたか、或《ある》いは彼女を見かけた陛下が、そうするようお望みになられたのだろう。

とにかくその宝林の女官は、数回、或いは何度も陛下に寵を戴いていた――そして火焔妃に襲われ、顔を焼かれてしまったのだった。

「その後、その宝林は火傷《やけど》を苦に命を絶ちましたが、お腹には陛下の御子が宿っていたとか……まぁ、一説には武恵妃様のお怒りを買って、死んじゃうように追い込まれたって話もありますけどね」

「そうなの……」

武恵妃様は、武則天《そくてん》様の血筋でなければ、間違いなく皇后になられた筈《はず》の、賢くてお優しい方だと聞いていたけれど……。

これ以上は話を聞くのが嫌になってきて、僕はそっと匙《さじ》を置いた。

絶牙が『もう召し上がらないんですか？』と言うようにこちらを見たので頷《うなず》くと、彼は別のお椀と匙を取り、無理やり僕に食べさせようとしたので、仕方なく雛鳥《ひなどり》のようにそれを一口受け取る。

それを見た耀庭が、「大哥《先輩》ばっかりいいな～」と、自分も別の椀を手にしたので、「二人とももう結構よ」と、僕はいやいや首を振った。

「でも、だからって、どうして梅麗妃はあんなにお怒りに？」

「そりゃ決まってますよ。生前火焔妃が襲ったのは、陛下の御子とその母親です。彼女が憎むのは――子供とその母親達なんですよ」

被害者は禹央様や司灯女官、そして疑わしい噂の流れる安燐……そしてここに来て、この後宮で陛下をただ一人独占する楊貴妃様。

梅麗妃は、もともと武恵妃様に妹のように可愛がられていたと聞いている。その宝林が陛下の御子《みこ》を授かっていた事を、知っていてもおかしくはない。

「どうですか？　この状況で楊貴妃様が火焔妃に襲われたと聞いたら、梅麗妃が『火焔妃の狙いは、彼女とそのお腹の御子なのではないか？』と、心配するのも無理はないでしょう」

「けれど……ここは後宮で、毎日のように貴妃様は陛下のご寵愛《ちょうあい》を戴いているのよ？　いずれはそうなる事ではなくて？」

そしてきっと、陛下はそれをお望みなのだろう。

「だから、みんなそれを危惧《きぐ》しているんですよ」

耀庭は露骨に顔を顰《しか》め、わざとらしく溜息《ためいき》をついた。

「貴妃様の存在は、内廷、外廷、共に快く思わぬ人間がほとんどです。陛下は今まで、あまり外戚《がいせき》を重鎮に置かれませんでしたが、ここに来て楊家は政治に強引に入り込んできています――華妃様だって、彼女の縁戚である楊錡《ようき》様が、誰と婚姻を結ぶ予定なのかご存じでしょ？」

「ええ……よく、知っているわ……」

幸い彼はとてもよい人だったし、このままなら太華《たいか》公主と上手《うま》く行きそうではあるけれど、関係で言えばやはり複雑な二人だ。

それでも婚姻を強行しようとしているのは、やはり少しでも力を手に入れたい楊家の思惑なのだろうか……。

「中でも又従弟《またいとこ》の楊国忠《こくちゅう》氏は、たいした能力もないくせに、貴妃の後ろ盾と達者な口だけで成り上がったって有名です。この国を守る蛮勇・安禄山《あんろくざん》氏とも対立しているし、高力士《こうりきし》様にだって好かれてないあの人が、ここまで好き勝手に振る舞えるのは、完全に貴妃様のお陰なんですよ」

よほど楊国忠氏の事が嫌いなのか、そのかわいらしい顔とは対照的な、辛辣《しんらつ》な悪口が次々飛び出した。

他にも貴妃様の三人の姐上《あねうえ》なども、今では我が物顔で振る舞っていると言う。僕が思っている以上に、楊貴妃様への怨嗟《えんさ》は深いのかもしれない。

「まあ彼女の味方なんて、この世に陛下一人ですよ。親族達だって彼女を利用するだけ利用して、後はどうなるかわかったもんじゃない」

「…………」

『わたくしは好きよ』という言葉をギリギリで飲み込んだのは、耀庭に馬鹿にされる気がしたからだ。

「それでも彼女がここまで許されているのは、御子を授かっていないからです。現在、皇太子に冊立されているのは第三皇子の忠王李璵《ちゅうおうりよ》様。ですが、もし貴妃様の御子が男子であったなら、どうなるかわかりません」

武恵妃様を寵愛した結果、第十八子であったその子息・寿王李瑁《じゅおうりぼう》様が、一時は次の東宮（※皇太子）を争われていたという話は、僕も聞いている。

「つまり……陛下は今度は貴妃様の御子を、皇太子様になさろうとするかもしれない……ということね」

「そうなれば、貴妃様も皇后の座に着いちゃうでしょうね――故にこの国では楊一族以外、そんな御子が生まれることを望んではいないってことです」

ここまで言われれば、さすがの僕だって梅麗妃が感情を昂《たか》ぶらせた理由はわかる。

特に梅麗妃様は武恵妃様と姉妹のようだったそうだ。だから余計に、貴妃様が許しがたいのだろう。

「ただまぁ……赤子は簡単に死んでしまうし、お産で妃《きさき》が亡くなるのも珍しいことではないですからね」

「そんな……恐ろしいことを言わないで」

「でも人によっては、運が巡ってきたと思う者もいるでしょう。後宮内がざわつくのは確かだと思います」

実際僕の母は、僕を産んだのが原因で亡くなった。命がけで女性は赤子を産むのだ。

「華妃様や梅麗妃様にだって好都合でしょう？」

「え？」

「貴妃様がいなくなれば、また華妃様に寵が戻ってくることは十分に考えられるでしょう。今度こそ華妃様は皇后になれるかもしれません。そりゃ、梅麗妃もうかうかしていられない訳だ」

「そ……そのような悪《あ》しきこと、考えてはいけません」

なんと禍々《まがまが》しいことを言うのだろう。慌てて身じろいだせいで、お膳《ぜん》の上の汁物がこぼれてしまった。

幸いもう熱くはなかったけれど、絶牙と耀庭が慌てて体にかかった汁を拭《ふ》く。

すっかり襦裙《じゅくん》に染みが出来てしまったので、絶牙が着替えを取りに行った。

「……華妃様は本当に不思議な方ですね」

絶牙が部屋から出て行くと、膳を片付けながら耀庭が言った。

「不思議、ですか？」

「はい。だってもっと聡明《そうめい》で頭の回る人だって聞いてたのに……まるで子供みたいだ」

「な……っ」

「だってそうじゃないですか？　まるで十や二十そこらみたいな、つやっつやの肌をして、色も恋もまるで知らないようじゃありませんか」

どきん、と心の臓が震えた。

「お、お黙りなさい！　お前は口が過ぎます！」

咄嗟《とっさ》に言い返すと、「はーい、華妃様」と耀庭が笑うように答えた。

胸がばくばくする。焦りに指先から血の気が引いてゆく。

「でも……皆、噂をしていました。華妃様はお倒れになってから、まるで人が変わられたみたいだって。あんな毒妃様と親しげにするだけでなく、まるで宦官《かんがん》みたいに内政に首を突っ込んでる」

そ……そんな噂がたってしまっているんだ。

恐怖と焦りで、音がやけに遠く聞こえた。

でも僕はちゃんと、『翠麗』になっている。

今までのことは、翠麗だったらそうしたはずだ、ということをしたまでだ。姐《ねえ》さんは間違ったことをそのままになんてできない人だし、誰にだって優しくする人だった。

「わ……わたくしは、わたくしです」

なんとか動揺を抑え、声を絞り出すと、耀庭は本当に不思議そうな目を僕に向けた。

「でも、そういうのは良いお家のお嬢様らしくないですよ」

そうだよ、姐さんは元々そういう人だったんだ。

……でも思った。本当にそうだっただろうか？

姐さんは優しくて、明るくて……でもそれだけじゃなくなったのは、いつだっただろう？

皇后になれるようにと、お妃修業をはじめた時から？

……いいや、そうじゃない。そうじゃなかった。

「……死」

「はい？」

「死んでしまうと思ったからよ」

「え？」

「孔子《こうし》は『五十にして天命を知る』と言ったけれど、死を目の前にしてわたくしは、自分の心がひどく年を取ったように感じたわ。そして……何かしなくてはと思ったの。もう一人の自分が囁《ささや》いたのよ。『我が天命を全うせよ』と」

姐さんは確かに一度、流行病《はやりやまい》で一時は危ない……という時があった。

皇后候補と告げられる少し前の話だ――あれからだ。姐さんはあれから、ただ美しいだけの人じゃなくなったんだ。

「確かにわたくしは、今までと違うかもしれないけれど、わたくしは、『高翠麗』が正しいと考えることをするの。誰が何と言おうとよ。お前のその噂をよく集める目と耳が、わたくしをどう捉えようと、わたくしはわたくしです」

「は……は、はい」

「だから、そのような戯言《たわごと》を噂する者達に言いなさい。せっかく救われたこの命は、わたくしが正しいと思うことに使います。変わったのではありません。こちらが本当のわたくしなのだと」

震えそうになる声を、必死に押さえ込んできっぱりと答えた。

だってもし本当にそんな噂が立っているのだとしたら、それを払拭《ふっしょく》しなきゃいけない。それにこれが僕の一人よがりだったとしたら、姐さんは僕に秘密の花言葉を伝えてきたりしないだろう。

「わかりましたか？」

「は……はい、華妃様」

耀庭もここまではっきりと言われたら、さすがに言い過ぎたと思ったらしい。

珍しく殊勝な表情で跪《ひざまず》き、宦官らしく頭《こうべ》を垂れた。

なんとか上手く誤魔化せたようだし、ついでにそんな噂が広まりすぎる前に気がつけたのは、むしろ幸いだったけど。

でもまだ手が震えている。

「食事はこれで結構です。充容が心配です。見舞いに行きましょう」

ちょうどその時絶牙が戻ってきたので、茴香《ういか》達も呼んで、そのまま着替えのバタバタが始まった。

よほど反省したのか、耀庭はずっと黙ったまま、おとなしく途中から手伝いに加わって、丁寧に僕の支度をしてくれた。

『本当は君が正しい』と言ってあげたかったけれど、それを明かすわけにいかない。罪悪感すら覚えた。彼の忠告はありがたかったし、何より僕はもう少しちゃんと、大切なことを学ばなきゃいけない。

頑張らなきゃ。子供みたいだなんて言われたりしないように。

九

部屋の一部が燃えてしまった禹央《うおう》様は、薬房の近くの部屋で休まれていた。

ちょうど花の時季なのだろう。朝、貴妃様に戴《いただ》いた花と同じものが飾られている。禹央様はその横の寝台に、静かに横たわっていた。

禹央様の火傷《やけど》は命を奪うほどではなかった。髪の毛に火が付いてしまったが、すぐに女官が消したので、すんでの所で大事には至らなかったようだ。

とはいえ、顔の火傷は軽いとは言いがたく、おそらくいくつかは痕《あと》が残るだろうと、太医は言った。

そして何より無残なのはその髪だった。

火が付いたことや、治療のために、その頭髪はほとんど刈り込まれてしまっていた。

「ああ……」

僕は改めて気が付いた。その可哀想な姿の女性は、九嬪の中でもおそらく一番小柄で、顔立ちもどこか幼びて丸く、少女のような愛らしさを持つ人だった。

陛下はどちらかというと、愛らしいよりも美しい方がお好みだと思う。少なくとも、他の妃嬪達はそうだ。

だから余計に目を引いたので、彼女の事は記憶にあった。実際は僕よりも年上で、多分翠麗《すいれい》よりも上なのではないかと思うけれど、妃《きさき》らしく髪を結い上げていなかったら、子供のようにも見えたかもしれない。

それでも陛下の寵《ちょう》を競う後宮の中で、彼女の比類なき部分を挙げるとしたら、間違いなくその豊かな黒髪だっただろう。

禹央様は九嬪、いや四夫人と比べても劣らない、漆のように美しく豊かな黒髪を持った女性だった。

「さぞやお辛《つら》いことでしょう……禹央様、お部屋のことは心配なさらないで。不自由があったら何でもおっしゃってくださいましね」

翠麗として暮らしてわかった。黒く美しい髪は、しっかり手入れをしなければ、その美しさを維持できないのだと。

禹央様のあの美しい髪も、毎日良い油とともに大切に梳《くしけず》られて作られたものだっただろう。

髪は確かにいずれは伸びてくるだろうけれど、顔だけでなく髪までこんな事になっては、よっぽど消沈されていると思ったのだ。

「…………」

「禹央様？」

けれど禹央様は、ぼんやりと、まるで話を聞いていないようだった。

「あの……」

「申し訳ありません。ずっとこのご様子で……」

慌てて禹央様の近侍女官が、申し訳なさそうに言った。

「まぁ……」

火焔《かえん》妃にその身を焼かれたのだ。きっとさぞ恐ろしい思いをしたのだろう……。

さすがにこのような状況では、話を聞くわけにはいかない。一度出直すべきだと思い直したその時、寝台の上で身じろいだ禹央様の手から、小さな布人形がころんと落ちた。

僕がほとんど無意識に拾い上げたそれは、所々焼け焦げているうえに、既に何年も手慰みにされたようにぼろぼろだった。

「禹央様？」

そうして僕は人形を彼女に差し出し——けれど禹央様は人形ではなく、ぎゅっと僕の手首を摑《つか》んだ。

「坊や？」

ぼんやりとろんとした眼の焦点が、急に合ったかと思うと、彼女はきょとんとしてそう僕に問うた。

「え？」

禹央様の瞳《ひとみ》に光が戻ると、彼女はそのまま僕の両の二の腕を摑み、すがりついてきた。

「坊や！　貴方《あなた》は無事なのですか⁉　怪我はない？　火傷はしていないのですか⁉」

「う、禹央様、あの……？」

それは痛いくらい強い力だった。もう絶対に離しはしまいと、そんな意志を感じさせる強さ。

「良かった、貴方まで火焔妃に焼かれてしまったかと、母はずっと……」

「あ……」

禹央様が泣きながら僕を抱きしめようとする。慌てて絶牙《ぜつが》が彼女を引き剝《は》がそうとしたけれど、僕は首を横に振った。大丈夫。危害はない。だってこの人は、この人は、僕の上に別の誰かを見ている。大切な存在を。

「禹央様、こちらは高《こう》華妃様でいらっしゃいます。お気を確かに」

禹央様の近侍女官も、困惑しているようだったけれど、僕は「大丈夫よ」と答えた。

もしかしたら、本能的な何かで、彼女は僕が男だと気が付いているのかもしれない。

そうであったら怖い。

でも単純に誰かに似ているだけなのかもしれないし……それに、彼女が泣きながらあんまり嬉《うれ》しそうに僕を見上げたので、僕はもう、否定の言葉なんて言えなくなってしまった。

「ああ、どうかこの母に、顔をよく見せてください。本当に貴方は大丈夫なの？」

「禹央様……ですからそのお方は華妃――」

「良いわ、そのままで」

「華妃様……？」

正一品《しょういっぽん》の華妃相手に、失礼を働いてはいけないと、近侍はそれでも禹央様を引き剝がし、寝台に寝かせようとしたけれど、僕はそれをやんわりと止めさせた。

そうして、痛々しい包帯にくるまれた頰を、両手でそっと包んだ。

「ええ。勿論《もちろん》私は無事です母上。どこもなんともありません。この通りピンピンしております」

はきはきと答えると、禹央様が更に、ぱあっと笑った。

「……あの火の中からは、貴方の産毛で編んだ人形を、助け出すことしかできなかったのです。だから母は……」

ああ……そうか。

僕の手の中の、このぼろぼろの人形――これがどんなに大切な物だったのか。彼女が火傷を負ってまで、救い出した物の重みを知って、僕は禹央様を抱きしめた。

「私こそ、母上をお守り出来ずに申し訳ありません……このようなお姿になられてしまって……」

「何を言いますか！　貴方さえ無事であれば良いのです……吾子《あこ》さえ無事であれば、私はそれで……それが母のさいわいです。ああ……良かった……」

僕には母の記憶はない。

母のように優しい翠麗が側にいてくれたし、乳母達も優しかったから、寂しいと思ったことはなかった。なかったけれど……。

「母上もお命が助かって、本当に良うございました」

僕を死んでしまった赤ん坊と混同し、良かったと涙を流す禹央様を見て、僕は胸が熱く、そして悲しくなった。

正気を失っても、こんなにも吾子を愛《いと》おしく思うのが母なのか。

勿論そうではない人もいるだろう。とくに貴人ともなれば、子を育てるのは乳母の役目だ。産んでからほとんど会わないという女性もいる。

陛下の御子《みこ》を授かり、その子を育てられなかった悲しみ、苦しみ、痛み――そういうものをすべて感じるほど強く、僕にしがみついてくる女性に、僕は自分の母のことを想った。

もし生きていたら、母は僕を愛してくれただろうか？

僕も母を大切にしてあげられただろうか……。

「さあ……無理はなさらずに。横になってください。早くお元気になっていただかなくては、今度は私が不幸せになってしまいます」

優しく声をかけると、禹央様は素直に手を離し、寝台へと戻る。

横たわる彼女の手に、大切な人形を置くと、また禹央様は嬉しそうに僕を見上げて微笑んだ。

「なんと優しいこと。まるで陛下のよう……陛下もとても優しくしてくださったの。私だけではなく、みなさんにそうなのかもしれないけれど……」

「そんなことはないでしょう。きっと母上を思えばこそですよ」

「そうかしら？」

嬉しそうに笑う禹央様の顔は、より一層幼く見えた。

「髪をね……陛下は私の髪を綺麗《きれい》だと褒めてくださったのよ。後宮で一番だって」

「またすぐに伸びます。そうしたら、きっと陛下もお喜びになられましょう」

「そうね……ああ、また、お会いできるかしら……」

疲れたのだろうか。僕の襦裙《じゅくん》の袖《そで》をぎゅっと掴んで、禹央様はゆっくり目を閉じた。

やがて吐息が規則正しい寝息になるまで、彼女はその手を離さなかった。

「申し訳ございません。華妃様にこのような無礼な——」

そうしてようやく禹央様から離れたところで、女官が床に頭をこすりつけるようにして言ったので、慌てて制した。

「無礼などとは思っていません。それより、もしまたわたくしで力になれることがあれば呼んでください。夜中でも、いつでも構わないから」

「そんな！　恐れ多い」

「いいえ、いいのよ。本当に呼んで。少しでもお慰めしてさしあげたいの。だってこんな悲しいこと、他にあるかしら……」

自慢の美しい御髪《おぐし》は燃え、御子は既に亡くなっていて……そして陛下は多分、貴妃様以外の妃《きさき》を見舞いはしないだろう。

おそらくこのまま、彼女の札が夜に引かれることもないのではないだろうか……。

ここはそういう場所なのだ……そうだとわかっていても、胸が苦しい。

このせいで、僕が本当は男なのだと、気が付かれるようなことにならないか……と、不安がないと言えば嘘になるけれど。それでもこのままにしておくのは、僕にはあまりにも悲しすぎた。

「……御子を失われてから時々あったんです」

部屋を後にする僕らを扉まで送りながら、女官がぽつりと言った。

「はい？」

「禹央様です。特に最近は度々……あのように……」

「今回が初めてではないのですか？」

「はい。火事のせいで余計に気が昂《たか》ぶっておられるようですが……」

てっきり火焔妃に襲われたせいで興奮して……という事だと思っていたのに。

でも……だとしたら、『火焔妃に襲われた』という言葉に、どのくらい信憑性《しんぴょう》があるのだろうか。

実際近侍の女官に聞いても、彼女は火焔妃を見なかったという。

尤《もっと》も……人形を抱きしめて燃え上がる禹央様の頭の火を消して、小柄とはいえ大人の彼女を一人で抱きかかえ、火から逃げ出したというから、火焔妃を見るどころではなかったのかもしれないが。

「そう……ではずっと、お辛《つら》いままお過ごしだったのね」

あんな風に心を壊してしまうほどに……。

「御子は産声を上げずにそのまま亡くなられはしたものの、陛下はご心配くださって……あまりお辛いようなら、ご生家に戻られる事もお許しくださったんですが」

けれども禹央様は唐で最も力を持つ山東貴族のお家柄……。お相手が陛下とはいえ、一度嫁いだ先から戻られるというのは恥だと、お父上に拒まれてしまったそうだ。女官が悔しげに目元を拭《ぬぐ》った。

「まだお若いうちに後宮に上がられて、ずっとここに閉じ込められたまま、どこにも行くあてのない、お可哀想なお妃様なんです」

十

禹央《うおう》様のお見舞いを終えると、日が傾きはじめていた。

掖庭宮が鮮やかな橙《だいだい》色に染まっている。

火焔《かえん》妃が憎悪の火を放つまでもなく、この後宮の中では、人の心も燃えているようだと思った。

怒り、憎悪、嫉妬《しっと》。叶《かな》わぬ思い。願い——そのどれもが、僕の中にはない炎だ。

僕は一時的にここにいるだけ。本物の妃でもない。そして女性でもない。彼女たちの痛みを俯瞰《ふかん》するだけだ。

姐《ねえ》さんの心はどうだったんだろう。

後宮が綺麗で楽しいだけの場所じゃないことはわかっていたつもりだけれど、まるで夕陽のように触れられない炎を眺めるだけで、僕自身にはその温度がわからない。

温かいのか、熱いのか——姐さんの心にも、業火が燃えさかっていたのだろうか。

「絶牙《ぜつが》……今日はこのまま部屋に戻りたくない。少し歩かせて」

帰ろうとした絶牙に言うと、彼は頷《うなず》いて庭を指さした。遠回りしてくれるのだろう。

今日は朝からあんまり色々な事がありすぎて、重たくて、苦くて、苦しかった。


幼い頃、暑い季節の夕暮れは、よく姐さんと庭で過ごした。

池のほとりに作られた臺《うてな》に腰を下ろし、よく熟した甜瓜《まくわうり》を食べながら、太陽が沈むのを楽しんだ。頬を撫《な》でる風は心地よく、池を金色のさざ波で揺らした。

後宮の池は家の庭のそれよりも大きく、美しい。

実家の池の方が勝っている部分なんて何一つないのに、それでも家が懐かしく、今すぐ帰りたいと思った。

「ここは……悲しい所だ、絶牙」

とても、悲しい所だ。


そうやってぼんやりと庭にたたずむ僕を見かねたのか、それとも本当に心配してくれたのか、絶牙は不意に庭の一角を指さした。

「なんですか？　あ……」

そこには、貴妃様がくれたのと同じ、赤い花が咲いていた。

どうやら少し焦げ臭い香りも漂っているので、燃えてしまった禹央様の部屋も近いようだ。

彼はそれを一本大切そうに手折ると、僕に手渡した。

「え？」

そうして彼が振り返ったのは、ドゥドゥさんの部屋がある、掖庭宮の外れの方だ。

「……そうですね。毒のない花か、聞きに行きましょう」

彼は、仕方ない、という風に苦笑いで頷いた。

絶牙はあまりドゥドゥさんを好いていないのだ。それでも僕の気が少しでも晴れるように、彼女の所に連れて行ってくれるのだろう。

僕の正体を知っていて、そしてこの後宮で昏《くら》い炎に灼《や》かれない、ただ一人の妃。

彼女の隣にいる時だけは、僕は『玉蘭《ぎょくらん》』に戻れる。


まだ完全に陽は沈んでいないので、慎重に扉を叩《たた》くと、ドゥドゥさんにとって唯一の家族とも言える女官が、僕らを出迎え、露骨に顔を顰《しか》めた。

「……何かご用ですか？」

「あの……用という用ではないのですが……」

そのつっけんどんなお出迎えに、思わず僕が言い淀《よど》んでしまうと、女官は大げさに溜《ため》息《いき》をついた。

「夕べまた火事があったというのは聞いています。だから私達は火焔妃など――」

「そ、そうではなくて！　見慣れない花を見つけたので、毒がないか調べて欲しいのです！」

やや強引に言って、僕はあの赤い花を女官に差し出した。

「花びら一枚だけなら水花《はす》のようなのですが、あのような八重咲きではないんです……」

「こ……これは……」

受け取るなり、彼女の頬がみるみる紅潮した。

「す、少しお待ちください！」

彼女は言い終わるより先に扉を閉めて、バタバタと中へ戻ってしまった。

思わず絶牙と顔を見合わせる。もしかして、本当に強い毒をもっている花だったりするのだろうか……。

とにかく待っているように言われたので、僕らは扉の前でしばらく待つことにした。

僕だって以前は儀王《ぎおう》様にお仕えしていたのだ。仕える者の仕事の一つが、この『待つこと』なので、そう苦にはならないと思った——けれど、今日は朝からあんまり色々ありすぎて、いつの間にか眠ってしまっていたらしい。

「毒なき華の君、せっかくの衣が汚れてしまうであろうに」

呆《あき》れたような声で目を覚ますと、僕は絶牙の膝《ひざ》に体を預けるようにして、すっかり眠りに落ちていた。

「待たせたの。急に来るからじゃ」

「す、すみません……」

「まあいい。毎日吾《われ》には用らしい用もない。それよりもそなた、いったいどこでこの花を——」

泥を手で払いながら立ち上がると、不意にドゥドゥさんの表情が硬くこわばったのが見えた。

「どうしたんですか？」

「どうしたのじゃ」

——と、ほとんど同時に僕らは言った。

でも、彼女は怒っているみたいだった。

「え？　どう？　どうって……？」

「この臭いじゃ！　どうしたのじゃ！」

「え？」

「……どうしてこの花の香りを？　毒なき華の君、そなた何故そのような物を使ったのじゃ！」

「な、な、なんのことですか⁉」

何を言われているのかはさっぱりだけれど、彼女は確かに怒っているようだった。

慌てて絶牙が間に入る。その胸元を、ドゥドゥさんはぎゅっと鷲摑《わしづか》みにした。

「犬！ そなたが側にありながら、何故にかような愚かなことを許したのじゃ！」

そのまま食って掛かるドゥドゥさんに、絶牙が顔を顰めた。彼もわからないらしい。

「ちょ、ちょっと待ってください、本当に何の事を仰《おっしゃ》っているのか……」

絶牙が一瞬、本当に怒った犬のように鼻の頭に皺《しわ》を寄せたので、二人を引き剝《は》がしながら聞いた。ドゥドゥさんが大きく溜息を洩《も》らした。

「……においじゃ。吾の鼻は誤魔化せぬぞ。微《かす》かにだが、そなたからは罌粟《けし》を焚《た》いた臭いがする」

「罌粟？」

「さよう。『曰《いわ》く、罌粟の花には四葉、紅白ありて、上部は浅紅色なり』――この長安では見かけぬ花じゃが、胡族《こぞく》より買うことは出来る……そなた、何も知らずに吸ったのか？」

「吸うって……？ 花をですか？ えっと……碧筩杯《へきとうはい》のように？」

そんな事、まったく身に覚えがないのだが。

でも困惑する僕と同じくらい、ドゥドゥさんがきょとんとした。

「……どういう事だ？」

「だからこっちが知りたいですよ」

「………」

ドゥドゥさんが絶牙から手を離し、むぅうぅと唸《うな》った。僕らはひとまず彼女の部屋に入ることにした。

「それで、だ。ではそなたが正気を失うようなことはなかったか？」

「正気ですか？　まぁ……僕はない、と思うんですけど……」

なんだか自分でも不安になってきてしまって、斜め後ろで仏頂面をする絶牙を見ながら答えた。絶牙もこっくりと頷いた。

「あ、あの……ドゥドゥさん？」

「ふうむ。『僕は』？……では、他には誰かいるのか？」

僕の言い方が気になったのか、彼女は、ずい、と僕ににじり寄るようにして言った。いつもより妙に距離が近いので、なんだかどぎまぎしてしまったけれど、彼女はフンフンと鼻を鳴らして、僕の臭いを嗅《か》いでいるようだった。

「充容の禹央様が火焔妃に襲われたんです。顔に大きな火傷《やけど》まで負ってしまって……そのせいで気が昂《たか》ぶっていたのか、僕を自分の子供だと勘違いしていました」

「充容が？　何があった」

起きてすぐのドゥドゥさんは、夕べの火事のことも知らなかったらしい。僕は夕べの火事のこと、そして今日のことをかいつまんで話した。

「なるほど、わかった。出かけることにしよう。そなたは吾を充容の部屋まで案内せよ」

「禹央様の静養されているお部屋ですか？」

「否《いや》、燃えた方だ」

「い、今からですか？」

「勿論《もちろん》じゃ。ことは早いほうがいい」

もう陽が落ちているので、ドゥドゥさんが陽光に晒《さら》される心配はないが、逆に夜は幽鬼が忍び寄ってくる。

僕は絶牙を見た。彼は青い顔をぶるぶると横に振った。

「す……すみません、絶牙」

僕を一人で行かせるわけにはいかないらしい。彼は額に汗を浮かべながら、それでも僕を守るように隣を歩いた。

ドゥドゥさんの部屋から、禹央様のお部屋は遠い。そこまで結局、視力の弱いドゥドゥさんと、震え上がる絶牙、二人の手を引いていくという、おかしな恰好《かっこう》になってしまったけれど、幸い部屋の場所を聞いた女官以外、そう多くは歩いていなかったので助かった。

やはり夕べのことがあるので、みな夜を恐れているのだろう。

「禹央様のお部屋はもうすぐですよ。多分そこの角を曲がったところです」

ややあって僕が告げると、ドゥドゥさんはフンフンと鼻を鳴らすようにして、僕の手を離して歩き出してしまった。

「だ、大丈夫ですか？」

もう完全に火は治まっているとはいうものの、万が一怪我でもしたら心配なので、慌てて後を追う。けれどドゥドゥさんは、僕がそれ以上近づくのを禁じた。

「なんと……！　犬、これ以上毒なき華の君を近寄らせてはならぬ！」

「は？」

僕が立ち止まるよりも先に動いた絶牙に、ひょいと抱き上げられてしまっては、近づきようもなかった。

「息もするな！」

「そ、そんな……」

むちゃくちゃなと思ったが、絶牙は素早く僕を風上に運んだ。

ややあって戻ってきたドゥドゥさんの手には、件《くだん》の花が何本も抱えられている。

「なんという事だ……こんなに近くにあったとは……」

ドゥドゥさんの声は険しい。

「毒なのですか？」

「そうじゃな。咲いている花の香り程度で、人を惑わすことはないが、全草に毒をもち、少量では薬にもなる。吾《わ》が一族の秘薬、麻沸散にも含まれる。そして使えば使うほど心地よく、我を忘れていく花じゃ」

「心地よく……ですか？」

ドゥドゥさんが薄く微笑んだ。

「そうじゃのう……これは人間の心や、頭の中を壊す毒なのじゃ」

十一

禹央様《うおう》のお部屋の近くの庭に、その花は育っていた。

元々この長安では見かけない花だという。異国の花なのだ。大秦《ローマ》や胡族から買わなければならない。

その花の種を誰がここに蒔《ま》き、育てたのかは知らないが——でもおそらく、偶然ということはないだろうとドゥドゥさんは言った。

「僅《わず》かだが既に花の散った株があったが、見よ。この玉のように膨らんだ部分に、たくさん傷が付いているであろう？」

確かに言われてみると、その緑色の膨らみに傷が付いていて、乳白色の汁がにじみ出し、固まっているようだった。

「今は花が咲いているが、やがて散るとこんな風に、花の咲いていた部分の根元が甕《かめ》のように膨らんで、中に粟《あわ》のような種を蓄えるのだ。その膨らみを傷つけると、こうやって乳のような汁を流す。そしてそれを煮詰めて灰に混ぜ、炙《あぶ》って煙を吸うと、幻の中で何もかも忘れ、穏やかで幸せな気分になる」

「炙って？」

「ああそうじゃ。燃えた充容の部屋から、その香りがした。そしてそなたからも」

「ぼ……わたくしからも、ですか？」

「そうじゃ。生花の香りとは違う。これは――『鴉片《アヘン》』の香りじゃ」

「えええ⁉」

そ、そんな妙な毒なんて、使った覚えはまったくないのに。

「まぁ、覚えはないじゃろうな。そなたが好む好まない以前に、そこの犬が許さなかろう」

ドゥドゥさんが言うと、絶牙《ぜつが》は返事する代わりにフン、と鼻を鳴らした。

「焼けた充容の部屋に、鴉片の強い残り香があった。焦げた香炉もな」

「え……？」

「おそらく、あの充容、鴉片を吸っていたのじゃろう」

「じゃ、じゃあもしかして、火事の原因は……？」

禹央様がその……『鴉片』という毒を吸っていたと、そういう事なのだろうか？

「そうじゃのう。それでうっかり、火がどこかに移ったのかも知れぬ。鎮火に当たった宦官達がおかしくなったのもそのせいじゃろうな」

「な……」

でもどうして？　何故禹央様がそんな毒を⁉

「ま、まさか誰かに無理やり――」

「ふむ。最初は誰かに勧められたのであろうが……おそらく自分の意思じゃろう。花の量は少ないが、鴉片を作るまねごとをはじめていたようじゃし……自らの意思で使用していたのじゃろう。言うたであろう？　この毒を使うとどうなるか」

「あ……」

――そして使えば使うほど心地よく、我を忘れていく花じゃ。

「あ……あああ……」

禹央様は吾子《あこ》を失ってから、ずっと後宮で寂しく、辛《つら》い毎日を送ってきた。行く場所はなく、そして慕わしい陛下は、彼女の札を引かない。会えても大勢の妃嬪《ひひん》の中の一人として。

「おおかた女官か宦官の誰かが、胡族の商人から聞きつけ、買ったのだろう」

この唐では珍しい花だ。安くはないだろうし、常に手に入るとも限らない。だからそのうち、こうやって後宮内で花を育てはじめたのだろう――ドゥドゥさんが言った。

「それでも優しい夢だけ見せてくれるならば良い。酒に酔うのと変わらないであろう。じゃがのう……これはやはり毒なのじゃ。繰り返し使うことで、その者を蝕《むしば》んでゆく……。やがてはなければ生きていけぬようになり、己すら失って死んでしまうのじゃ」

本人がどこまで、この毒の怖さを知っているかはわからないけれど、少なくとも女官の話では、彼女は時々、そして特に最近は度々、正気を失うようになったという。

そして女官もこの毒の存在を知っているのか、そうでないのかは不明だけれど、少なくとも危機感のようなものを感じなかったし、彼女が禹央様に害をなしているとも思えない。

第三者が禹央様にこの毒を教え、やがて頻繁に使わなければならないほど、幻に溺《おぼ》れるようになってしまったのだろうか……。

「……どっちにしろ、可哀想な方だ、禹央様は」

「まあ良い。すぐに太医に伝え、毒を抜く処置をはじめさせよう……解毒は辛い物になるであろうが……たとえそうであっても、後宮に毒がまかり通ることなど、吾《われ》は許せぬ」

すぐに自分の女官に伝え、咲いている花も、綺麗《きれい》に取《と》り除かせるとドゥドゥさんは言った。扱いを間違えると、処分する者達が幻に囚われてしまうかもしれないそうだ。

「幻、ですか……それは時に、恐ろしい幻になる事もあるのですか？」

一つだけ気になるのは、火焔《かえん》妃の事だ。禹央様は火焔妃を見たと女官に言ったらしいのだ。

「ないとは言えぬな。悪夢を見ることもある。これは正気を蝕んでいく毒であるし……或《ある》いは幽鬼に、『救って』欲しいと思っていたのかも知れぬな」

「救って……」

ああ、そんなの、救いでもなんでもない。悲しみを重ねるだけじゃないか。

「でも……だとしたら彼女の見た『火焔妃』もやはり、幻なのでしょうか……」

「当たり前じゃな。人は死んだら終わりじゃ。幽鬼などいるものか」

「ですが」

「この後宮で、どれだけの血が流れ、どれだけの憎悪が育ち、女達を苦しめてきたと思うのだ？　それらがすべて幽鬼なんぞになっていたら、後宮になど誰も住めなくなるであろうよ」

すっかり呆《あき》れたように顔を顰《しか》め、ドゥドゥさんが言った。

言われてみると、それは確かにそうかもしれない。

「で、でも、実際に数人が火傷《やけど》をしているんです」

「火傷など珍しいことではなかろう」

「でも火傷をするような状況ではなかったって言ってるんですよ？」

今回の禹央様はともかく、他の妃嬪や女官達はどうだろうか？　確かにみんな、不自然な状況で火傷をしてしまっているのだ。

「皆さん、確かに灯《あか》りは近くにあったけれど、その火が燃え移るようなことは、けっしてなかったと――」

「灯りが近くにあった？」

既に暗くなった廊下を照らすように、絶牙が提灯《ちょうちん》を掲げる。それを見て、ドゥドゥさんは更にきゅっと顔を顰めた。

「は、はい」

「……ふむ」

「あの……それが何か？」

「そうじゃな。もしかしたら吾ならば、その幽鬼の正体を見破れるかもしれぬ」

「え？」

幽鬼とは、毒なのだろうか？

にぃ、と嬉《うれ》しそうに、毒妃が咲《わら》った。

十二

それから三辰刻《しんこく》。

夕餉《ゆうげ》を済ませた僕たちは、再び提灯を手に、すっかり夜の更けた後宮の庭を歩いていた。

「絶牙《ぜつが》、暑いですよ……」

危なくないように片手ではドゥドゥさんの手を引き、そしてもう片方の手は——手を引くのではなく、僕の腕には絶牙がしがみついていた。

「ちょ……危ないですって、絶牙……」

「まったく、なんじゃ大きな図体《ずうたい》をして、まるで子犬のように……」

ドゥドゥさんも呆れた声を上げているが、普段と違って絶牙は彼女に何の反応も示さなかった。

それどころではないのだろう。ぶるぶると震えているのが、僕の腕にも伝わってくるから。

やがて僕らは、庭の外れの、少し寂しいところにやってきた。

昔東屋《あずまや》か何かがあったらしいけれど、雷が落ちて燃えてしまったのだ。今は朽ちた建物の残骸と、数本の枯れ木が残っているだけの、忘れ去られたような場所だった。

「………………」

震えながらも、絶牙が不意に足下を提灯で照らした。

「足跡……ですね……他にも人が来ているんでしょうか」

池の側で湧き水が湧いているせいか、所々がぬかるんでいる。そこには僕達以外の足跡がいくつも残っていた。

「こんな場所なのに」

思わず呟《つぶや》くと、ドゥドゥさんが肩をすくめた。

「まぁ……こんな場所じゃから、なのかもしれぬよ」

「はあ？」

わざわざこんな泥とすすで汚れそうな場所に、いったい誰が来るって言うんだろう……。

それでも少し周囲を探索すると、ちょうどおあつらえ向きのような、綺麗な倒木があった。

普段、あまり部屋から出ないドゥドゥさんの息が上がりはじめているので、僕らはそこに腰を落ち着ける。

昨日は月も見えない暗い夜だったと貴妃様は言っていたけれど、幸い今夜はよく晴れて、空には満天の星が瞬いていた。

「でも……本当に、火焔《かえん》妃は現れない……んですよね？」

「くどい。幽鬼などおらぬ」

「…………」

ドゥドゥさんが言うと、反対隣の絶牙が溜息《ためいき》を洩《も》らす。信じたいけれど信じられない……という感じだろうか。

ドゥドゥさんはドゥドゥさんで、しれっとした顔をしているけれど、後宮内とはいえ、はじめて来る場所で怖いのだろうか。

僕を真ん中にして、二人ともぎゅうぎゅうと僕にしがみついてきていて、重いやら、暑いやら。

でも人の肌の熱というものは、なんとも不思議な安堵《あんど》を誘う。

「なんだか……眠くなってきました」

「これからが夜じゃが？」

むしろこれからが元気というドゥドゥさんと違い、普段の僕ならもうとっくに寝ている時間だ。

大きなあくびに続けて、僕は溜息を一つ洩らした。

「……考えてみたら、いつも日が昇るまで起きているドゥドゥさんの所に、火焔妃は現れないんですよね……」

「そんなもの、いないのだから当たり前じゃろう」

ここまで断言されてしまうと、そうなのかも……という気持ちになってくるから不思議だ。

でも……だとしたら僕らは、どうしてこんな夜更けに、こんなふうに夜空の下で何かを待っているのだろう。

風は適度に優しく吹いていて、虫や蛙、夜鳴きの鳥が、遠く、近く、合唱している。

李白《りはく》殿だったら、颯爽《さっそう》と靴や服を脱ぎ始めて、詩を詠い上げているかもしれない。

想像したら、思わず、ふふ、と笑いが洩れてしまった。

「どうしたのじゃ？」

「いえ……ただ、今日はいい夜ですね。星が綺麗だ」

「……吾《われ》には、よう見えぬ」

困惑したような声が返ってきた。

「ああ、そうか」

そうだった。視力の弱いドゥドゥさんの目では、この空の星は見えないのだろう。

「だが、毒なき華の君がそう言うなら、そうなのであろう……星も香れば良いのになぁ」

幸い気を悪くしたそぶりもなく、ドゥドゥさんが空を見上げた。

「……手を」

「手？」

「はい」

僕に言われるまま、ドゥドゥさんが手を預けてくれたので、僕はその手首を取って空に掲げた。

「いいですか？　ここに……こうやって、天の川が流れております。その一番濃いところが斗宿《ひつきぼし》……北方玄武七宿の第一宿です」

ドゥドゥさんの手で淡い星の輝きを辿《たど》る。

はじめは触れられて少し緊張していたらしいドゥドゥさんの手が、僕に預けるように軽くなった。

「牽牛《けんぎゅう》はどこにいるのじゃ？」

「それはもう少し……ここです。第二宿の牛宿《いなみぼし》。これが牽牛の星です」

七月の重節《じゅうせつ》、七夕までもう一ヶ月を切った空には、祭りの主役が光っていた。

「そして……織女《しょくじょ》がいるのはこの近くですよ」

ひとつ、ひとつ、光の粒を辿る。

ドゥドゥさんが嬉しそうに目を細めたのが見えた。

淡い提灯の光に照らされた表情は、毒の話をする時よりも優しくて……そして美しいと思った。

「……なんじゃ？」

「い、いえ、なんでも」

「それにしても、天帝《てんてい》が自慢にするほどよく機を織る娘と、その勤勉さで天帝に認められた男だというのに……互いに惚《ほ》れおうたばかりに、まったく働かなくなってしまうとは、慕い合うというのはまこと滑稽《こっけい》じゃな」

まったく理解できない……という口調でドゥドゥさんが言ったので、僕は苦笑いを浮かべた。

半分同意ではあった。僕も想い合うというのは不思議なことだと思う。

ある者は我が子から妻を奪い、ある者は己の体の一部を切り落としてでも、恋しい人を追う。

許されざる事だとわかっているはずなのに何故それでも離れられないのか。

そしてある者は正気を失った後も、恋しい人のことは忘れていない……ああ、人の情愛はなんと強く、そして愚かなのだろう。

そして、それを愚かだと思う僕も、ドゥドゥさんもきっと、その想いがなんなのか、知らないのだ。

愛はどんな味がして、どんな香りがするのだろうか。

「…………」

そして、それはどれだけ熱いのだろう。


「触れてはならぬ」


「え？」

鋭い声に制止されて、我に返った。

僕は提灯《ちょうちん》に手を伸ばしかけていたのだ。考え事をしながら、僕は提灯の光にいつの間にか集まっていた、細長い小さな甲虫を手で払おうとしたのだった。

「動いてはならぬ。毒なき華の君」

「あ……」

提灯の虫を払うより先に、近づけた指に、甲虫が一匹留まっていた。

今度はドゥドゥさんが僕の手首を摑《つか》み、ゆっくりと提灯から引き離すと、彼女は僕の指に、ふーっと息を吹きかけた。

「き、危険な虫なんですか？」

「やはり……髪切擬《もど》きじゃ」

「髪切……？」

ドゥドゥさんは肩掛けを脱ぐと、そおっと提灯の上で振るようにして、提灯の周りの虫を払った。

「もう良い。行こう、毒なき華の君が火傷《やけど》をしても困る」

ドゥドゥさんが提灯を拾い上げ、絶牙に手渡した。

「犬も気をつけよ。あの虫に触れてはならぬ」

そう険しい声でドゥドゥさんが言ったので、僕らは速やかにその場を離れた。

「あれの幼虫共は朽ち木が好物でな。おそらくあの辺りでたくさん蛹《さなぎ》がかえっておるのじゃろう」

「触れたらどうなるんですか？」

おそるおそる聞くと、毒妃はまた、にぃ、と笑った。

「灼《や》ける」

「え？」

「皮膚が灼けるのじゃよ。払おうとしてうっかり触ったり、潰《つぶ》して体液に触れてしまったりすると、灼けるように水ぶくれになってしまうのじゃ」

僕はぞっとして、さっき虫が這《は》った指先を見た。ほとんど爪の上だったし、ドゥドゥさんが優しく吹き飛ばしてくれたので、幸い指に痛みもなく、ただれたりもしていない。

「で、でも、じゃあ火傷って……」

「ふむ。共通点は『灯《あか》り』じゃ。暑く長い夜に散歩をしたり、窓を開け放ったまま灯籠《とうろう》を灯《とも》したりしていると、光に誘われてあの小さな虫がやってくる。それが体の上を這えば、きっとむずがゆいことじゃろう。無意識に払おうとして――そして皮膚を灼いてしまうのじゃ」

ドゥドゥさんが咲《わら》ったまま僕を見た。

「言うたであろう？　幽鬼など存在せぬと」

「まさか……じゃああの虫が、火傷の……火焔妃の正体だというのですか？」

「うむ。虫というものはな、時々とんでもない数で増えることがあるのじゃ。おそらく、この後宮のどこかに巣作るあの虫もそうなのじゃろう」

「じゃあ、今年も……？」

「確かに火焔妃も、毎年現れて、後宮の妃嬪《ひひん》を襲うわけじゃないと聞いている。そして火焔妃が現れるのは十日程だと言うたな。あの虫も蛹が成虫になってから、生きるのはそのくらいなのじゃ」

「あ……」

夜にしか現れない幽鬼。

寝ている間は襲われないのは、休んでいる間灯りを灯していないか、離れた所にあるからだろうか。

現れるのは数年おき、そして祟《たた》りがあるのは十日ほど。

そして禹央《うおう》様以外は誰も、その姿をはっきり見たとは言わなかった。

「で、でも、じゃあ噂はどうなるのですか？　みな赤子をもった母だと――」

「御子《みこ》を授かっていれば、それなりに地位も高く、手当も高い。灯りをけちらずに済むであろう。それにまぁ……ここは後宮じゃ。人目を避けて夜中にごそごそしている女官は、それなりに後ろめたいことがあるのではないか？」

「では本当に？　本当にあの小さな虫が、怪異の正体……」

その時また灯りに誘われて、すぅ、と甲虫が提灯に留まった。

「絶牙、気をつけて」

やはり絶牙が怖いのは、虫ではなく幽鬼らしい。彼はすっかり冷静さを取り戻したように、その提灯に留まった虫を見下ろすと、そっと僕に離れるように片手で合図した。

「…………」

「あ……」

彼は言葉には出来なかったが、どうやら『捕まえますか？』と言っているようだ。

どうしますか？　とドゥドゥさんを振り返ると、彼女は首を横に振った。

「いや、もう弱っておるよ……逃がしてやろう」

「でも……」

「毒はこの世にいくらでも溢《あふ》れておるのだ。この虫一匹殺《あや》めたところで何が変わる？

それにこの虫を食べて生きる別の動物もおるのじゃ。そして毎年増え続けることもない
——火焔妃が毎年は現れぬ事がその証拠であろう」

なにより原因もわかったのだから、対策のしようもあるだろう。

「……それもそうですね」

僕が頷《うなず》くと、絶牙はそっと甲虫を提灯から吹き飛ばした。それは一瞬灯りでチカッと光ったかと思うと、満天の星に紛れるように見えなくなった。

僕はそれでもしばらく、空を見上げた。

牽牛と織女が互いを待つ夜空を。

「……結局、火焔妃の幽鬼なんて存在しなかったってことですか」

「だから、ずうっと吾《われ》は幽鬼などいないと言うておるじゃろうが？」

呆《あき》れた様子でドゥドゥさんが溜息《ためいき》をついた横で、絶牙が安堵《あんど》の息を吐いた。あんまりほっとしているようなので、思わず噴き出してしまうと、絶牙はばつが悪そうに笑って、そして僕に手を差し出してきた——そうだ、今夜は僕が手を引いてばかりだった。

「長い夜は……誰かを恋しいと思う気持ちが、増してしまうのでしょうかね」

絶牙の手に自分の手を重ね、もう片方の手でドゥドゥさんの手を引きながら歩いていると、さっき三人で身を寄せ合った、あの温かさを不意に思い出した。

眠れぬ夜、朝日を待つ寂しい人は、あの温度を求めるのかもしれない。

「まぁなんにせよ、やはり心の毒ほど人を殺し、惑わせるものはないのう」

ドゥドゥさんがぽつりと言った。

そしてあの温度は、この後宮に存在してはいけない炎の熱なのだ。

十三

それから三日後の後宮内は騒がしかった。

あの日、朝を待って僕は高力士《こうりきし》様を通し、速やかに火焔《かえん》妃の正体を陛下に伝えた。

陛下は災いの正体を知り安堵されたらしいが、それでも今夜は急遽《きゅうきょ》、儺《な》の儀が行われることになった。

宮内では一年を通じ、様々な祭事が行われる。陛下が行われる祭祀《さいし》は、定例のもので一年に二十二回あるというが、実際そのほとんどは有司が代理で行う。陛下に対して陛下がご出席になられる祭事は、実に数ヶ月の準備を経てから行われるのが普通なのだそうだ。

だから、このような急な祭事がどれだけ異例のものなのかという事、そして火焔妃の正体がわかった上で、それでもその異例の神事を執り行おうとする事に、改めて陛下がどれだけ楊《よう》貴妃様を大切にしているかがわかった。

なにせ、黄金の四つの目を持つお面と熊の皮をかぶり、黒い衣と朱の裳《も》を纏《まと》い、矛と盾を持つ方相氏《ほうそうし》から、十二神獣の面をつけた者、百二十人からなる十歳から十二歳の太鼓を持った侲子《しんし》達を、たった三日で後宮に集められたのだから。

「甲作《こうさく》は凶を喰《く》らい、胇胃《ふつい》は虎を喰らう。雄伯《ゆうはく》は魅を喰らい、騰簡《とうかん》は不祥を喰らう、攫《かく》諸《しょ》は咎《とが》を喰らい、伯奇《はくき》は夢を喰らう。強梁《きょうりょう》と祖明《そめい》は共に磔死《たくし》と寄生を喰らい、委随《いずい》は観を喰らう。錯断《さくだん》は巨を喰らい、窮奇《きゅうき》と騰根《とうこん》は共に蠱《こ》を喰らう。この十二神にして悪行を追わせ、汝《なんじ》の躯《からだ》を赫《ひき》き、汝の幹節《ほね》を拉《ひし》ぎ、汝の肉を解《やぶ》り、汝の肺腸を抽《ひきぬ》かん！　汝急《すみや》かに去らずして後れるものあらば、糧《えじき》となさん！」

侲子達が声をそろえて唱和した後、方相氏と十二神獣が舞い、侲子達はドンドン太鼓を叩《たた》き、声を上げ、後宮内を走り回って災いを祓《はら》う。

音とたいまつが乱れ揺れる中、三度繰り返されるというそれを見守っていると、宦官《かんがん》の一人が「高力士様がお待ちです」と僕に声をかけてきた。

見慣れない宦官だ。

絶牙《ぜつが》を連れて、導かれるまま進んでいくと、やがて着いた先、扉の前で宦官は膝《ひざ》を突き、絶牙もそれに倣った。

珍しい。絶牙は普段は中まで付いてくるのに……と訝《いぶか》しみながら部屋へと招かれる。

と、驚いたことにそこで待っていたのは、高力士様ではなく玄宗《げんそう》皇帝だった。

「陛……」

思わず声を上げそうになった僕を見て、陛下が首を振ったので、僕は言葉を飲み込んだ。

「少しだけだ。玉環《ぎょくかん》に知られれば、あれは途端に機嫌を悪くする」

つまり、貴妃様に知られないよう、陛下は二人きりで僕と話したいと言うことだ。

跪《ひざまず》こうとする僕を制し、陛下は音もなく僕の前に立つと、祭事の人混みに揉《も》まれて乱れた髪を、一房手で掬《すく》う。親密な仕草だった。

途端に、僕の全身から冷や汗が噴き出した。

「陛下……？」

こ、これは……もしかして——た、た、た、大変なことなのではないだろうか⁉

思わず頭が真っ白になって、僕は凍り付いた。

「こうやって、二人だけで話すのは何年ぶりであったろうな」

え？

ええ？

ど、ど、ど、どどどどうしたらいい⁉

大声を出して助けを呼ぶか⁉

いや、助け？　助けって？　相手は陛下で、ここは後宮で、僕は正一品《しょういっぽん》の四夫人・華妃なんだぞ？

華妃を陛下がお召しなんだから、誰も止めるわけはない。

「ぜ……」

ああいや、駄目だ。絶牙を呼べば、もしかしたら――いや、彼はきっと僕を救うだろう。

そうすれば今宵《こよい》、僕は陛下の寵《ちょう》を免れられるかもしれない。でもきっと絶牙は無事では済まされない。

駄目だ、そんなことは駄目だ。声を失うほど苦労をして生き延びた彼を、こんな所で死なせる訳にはいかない。

それにここに高力士様がいないということは、陛下が僕をお呼びだと、叔父上《おじ》も知らないのだろう。

つまり、助けはない。

何があっても、ここは僕自身で切り抜けなきゃいけないんだ。

「あ……あの……いえ、わたくし、今宵はなんのお支度もしておりませんし、その……え、ええと……そうですわ！……貴妃様を裏切るようなことはできません」

「ほう？　余は竜ぞ。余を拒むことは誰にも許されぬ」

「そ、それは、勿論《もちろん》、そうなのですけれど……」

額から首筋まで、汗がだらだらと伝い落ちた。

どうしたらいい？

どうしたらいい？

いったいどうしたらいい⁉　考えろ、考えろ玉蘭《ぎょくらん》。

「……でもわたくし、貴妃様を瞞《だま》し通す自信はありませんわ。それに睦《むつ》まじいお二人の仲を自ら壊すようなことを、陛下のような方がなさるとは思えません」

「そうだな、そなたの言うことは尤《もっと》もだが――男と女というものは、時に頭では考えられぬことをするものだ。違うか？」

「そう……かもしれませんが、どうか、どうかお許しを……！」

けれど、僕の必死の懇願も空しく、陛下は掌《てのひら》で僕の頰を撫《な》で――。

「華妃、そなた、なんという顔をするのだ」

と、途端に陛下が僕を見て噴き出した。

「……はい？」

「わかっている。余はこれ以上そなたとの約束を違《たが》えるつもりはない。それに四夫人相手といえど、札を引かずに召すのは後で面倒なことになる。宦官達は記録に残せぬことを嫌うのだ」

そこまで言うと陛下は僕に座るよう勧めてくれたので、陛下に従うように、隣に腰を下ろした。

座った後も、緊張と恐怖で目の前がぐるぐるした。

「虫のことは大儀であった……と、言っても、そなたはまた毒妃の手柄だと言うのであろうな」

「わたくしは何もしておりませんから」

苦笑いで頷《うなず》いた。実際何もかも、ドゥドゥさんがいなければ解決できないことだったのだ。

「だが禹央《うおう》のことはどうだ？　そなたが毎日禹央の下へ通っていると？」

「あ……」

「太医が言っていた。そなたを死んだ御子《みこ》だと思っているそうだな？」

僕は陛下に微笑んだ。禹央様はずっと、僕を死んだ息子だと思っているのだ。

「わたくしが行くと、ちゃんとお薬を飲んでくださるのです」

禹央様は今、火傷《やけど》だけでなく、体を蝕《むしば》む鴉片《アヘン》を体から排出する治療を受けている。

あの優しい女官は、鴉片の恐ろしさを知らなかったそうだ。

やはりある時、宦官の一人が胡族の薬師から買ったもので、心が軽くなるのだと、時折使用するようになり——そして陛下が貴妃様だけを寵愛するようになってから、その量と回数が増えたという。

薄々おかしいと思いながらも、憂いに沈む禹央様を見ていられず、止められなかったと、彼女は深い後悔を口にした。

「毒妃様の話では、毒が抜けるまで少し、苦しい日が続くそうなのです……」

「そうか……」

陛下は険しい顔で頷いた。既に後宮の庭中が調べられ、罌粟《けし》の花はすべて引き抜かれ、毒妃様の下に届けられたという。

そのようなまがまがしいものが、後宮内に広がらなくて良かったと、高力士様は仰《おっしゃ》っていた。禹央様はお可哀想な方だが、この後宮には同じように、寂しい妃嬪《ひひん》達があふれているのだ。

「……一度、お見舞いに来てくださいませんか？」

「……………」

おずおずと僕が切り出したけれど、陛下は答えてくれなかった。

「あの美しい御髪《おぐし》も、すべて燃えてしまって……陛下が綺麗《きれい》だと、褒めてくださった髪だと仰って――」

「行って何になる？」

「え？」

「余が会いに行って何になるというのだ？」

「何って……それは……」

そう言われてしまうと、僕は何も言えなくなってしまった。

会いに行ったところで、陛下のお気持ちが貴妃様から禹央様に移ることはないだろう。

「でも……禹央様がお可哀想です」

「わかっている」

「でしたら、せめて一度でも――」

陛下はそれでも首を横に振った。

「いいや。だから禹央は動けるようになり次第、後宮を出て嫁ぐ」

「……え？」

「太医の弟子も同行する。禹央は後宮の外で、ゆっくりと心身を癒《い》やす方が良かろう」

「そんな……」

そんな……それじゃあまるで、厄介払いじゃないか……。僕は悔しくて下唇を噛《か》んだ。

「そんな顔をするな。信頼の置ける男だ……禹央も後宮にいるよりは気が晴れるであろう」

確かに鴉片の毒が抜けても、禹央様の状況自体は変わらないし、むしろ悪くなる一方だとは思う。この後宮はいつでも寂しい。だけど……。

「陳玄礼《ちんげんれい》を知っているか？」

「は……お名前は伺ったことが……」

確か高力士様も信頼する、勇猛かつ忠実な武人だった筈《はず》だ。

「うむ。善い男だ。余が即位した頃から、余を支えてくれている」

そう言って陛下は、昔、華清宮《かせいきゅう》を抜け出して妓楼《ぎろう》に行こうとしたところ、玄礼氏に強く反対されて諦《あきら》めたこと、彼がいかに生真面目で、職務に忠実かを話してくれた。

「では……その方の所に？」

「うむ。ちょうど病で夫人を亡くしたばかりでな……玄礼ならば、禹央を大切にしてくれるだろう」

確かに良い御仁なのだとは思う。禹央様がお慕いしている方は彼ではないのだ。

「………………」

けれど——それでも彼は陛下ではない。

「余が行けば……禹央は喜ぶであろう。だが、それはつかの間のことだ。余は禹央を愛してはおらぬ。禹央には何も応《こた》えてやれぬ」

陛下が見かねたように、溜息《ためいき》と共に言った。

「だから会わぬ方が良い……余のことは、このまま忘れればよいだろう」

「陛下のことを、忘れられる者などおりましょうか？」

禹央様が、正気を失ってなお慕わしい人——この大唐で最も高貴なお方である、玄宗様を忘れられる妃《きさき》がいるだろうか？

「……そなたもか？　翠麗《すいれい》」

ふ、と陛下が笑った。

僕は答えに一瞬悩んだけれど、陛下に頭《こうべ》を垂れた。顔を見られたくなかったからだ。

「……高翠麗は、陛下を幸せにする為に育てられました。陛下が今お幸せであるならば——わたくしはきっと、それで良いのですわ」

「そうか……そなたは変わらぬな、翠麗。相変わらず誰より上手《うま》く嘘をつく」

「え？」

嘘……ではない筈だ。これは姐《ねえ》さんの気持ちだった筈なのに？　それに姐さんが嘘つき？

　思わず何故なのか聞きそうになって、僕はすんでのところでそれを飲み込んだ。

　陛下は微笑んだまま、僕の額に落ちた髪を、優しく指で払ってくれた。

「何度も言うておるように、力士が選んだ娘だから、そなたを華妃に冊したのではない。そなたのことを忘れている訳でもない。だが……許せ。余は今、貴妃がすべてなのだ」

「………」

　この言葉を、もし姐さんに伝えられたなら、何かが変わるのだろうか……と、思った。

「翠麗……今しばらく、禹央を頼む」

「……陛下の、お心のままに」

　僕は再び頭を垂れた。これ以上の言葉は見つからなかった。

　それに、あまり長くこうしている訳にもいかない。万が一貴妃様に知られたら、たとえ何もなくとも、彼女は嫌がるだろう。

「そうだ、二十日もすれば、朝夕は今よりもっと涼しくなっているだろうが……日中はまだ暑かろうな？」

　部屋を後にしようとした僕に、陛下が唐突に言った。

「そう……ですね。立秋を境に、過ごしやすくなるとは思われますが？」

「ふむ。だがきっとその日は暑いだろう……だから余は竜池の東屋《あずまや》で公務をすることにしよう」

「はあ……」

お外でご公務とは、陛下につきそう家臣や高力士様も大変だ。暑すぎることもなく、雨も降らなければ良いけれど。

いい日も悪い日も、楽しい日も寂しい日も、太陽は沈み、また昇るのを繰り返す。

僕はそれから毎日、禹央様を見舞った。

罌粟ではない香りの良い可憐《かれん》な花や、貴妃様から戴《いただ》いたちょっと珍しい果実、綺麗な生地やぐんにゃり柔らかくて温かい子猫……禹央様が喜んでくれそうな物は何でも持って。

鴉片が体から抜けるまで、最初の頃は本当に辛《つら》そうだった。

見えない物が見えたり、聞こえたり……禹央様は内側から鳴り響く騒音に苦しんでいるようで、僕らは何もしてあげられないのだ。

それでも少しずつ、禹央様の中の嵐は鎮まった――けれど、壊れてしまったものは、完全には戻らないのだとドゥドゥさんは言った。

そして彼女の言うとおり、禹央様はずっと僕を死んでしまった息子だと思い続けていた。

普段と違うと思うと、すぐに混乱してしまうし、まだまだ正気を取り戻したとは言いがたい状態だったけれど、でももしかしたら、僕もそれを望んでいたのかもしれない。

彼女の事を母上と呼び、談笑し、散歩をするだけの毎日は、静かだけれど優しかったから。

そうしてとうとう、禹央様が後宮から出られる日がやってきた。

僕ら以外に見送りはない。彼女はひっそりと、後宮を後にするのだ。

それでも、あの優しい女官もお世話役として一緒にここを出ることを許されたので、安心した。まったく知らない人のところに一人で行かせるのは、あまりにも可哀想だったから。


「いったいどこへ行くの？　坊や」

「大丈夫です。母上のお怪我を治すために、陛下がもっとご静養に良い所をご用意くださったんですよ」

最近調子の良い日が多かったものの、いよいよという時になって、禹央様は酷《ひど》く混乱しているようだった。

「家に帰るのは嫌よ、お父様がすぐに鞭《むち》で叩《たた》くの」

「わかっています。みんな母上を大切にしてくださいます」

「私も一緒におりますから、大丈夫ですよ」

僕と女官は、二人で禹央様を守るように馬車に乗り込んだ。新居まで同行は出来ないけれど、僕は今日は特別に朱雀《すざく》門の所まで、見送りを許されている。

怖がる禹央様の膝《ひざ》に可愛い子猫を乗せ、彼女が落ち着くように慰めていると、やがてゆっくり馬車が動き出した。

「あ……」

朝から空は灰色で、出立の日は青い空だったら良かったのにと思っていたけれど、とうとうポツポツと泣き出してしまった。

きっと二十日後は暑いだろうと、陛下は仰《おっしゃ》っていたのに残念だ。外でご公務をするなんて言って――。

「……外で、ご公務？」

僕ははっとして、馬車の壁を叩いた。

「……ま、待って！ 馬車を……そうだわ、竜池の方に回して！」

隣を馬で併走していた絶牙が頷《うなず》く。

暑い、どころか、今日は肌寒い。

こんな天気の日に、陛下が外でご公務をされている訳がない。そんな筈はないと思いながらも、僕は祈った。

そして――。

「まあ！ 坊や見て！ 陛下がいらっしゃるわ！」

窓の外をのぞいていた禹央様が、嬉《うれ》しそうに声を上げた。

灰色の空を映す竜池の畔《ほとり》の東屋で、お役人達と高力士様に囲まれるようにして、陛下が何か話をしていらっしゃったのだった。

こんな天気に、外でご公務だなんて普通のことではない。それでもここにいらっしゃるのは……。

「ああ……すてきだわ」

「そうですね……お優しい方です」

陛下の口から、お見舞いに来てくださらないと聞いたときは、とても悲しかった。仰ることはわかっても、その言葉を心に飲み込むことが出来なかったけれど——今日、陛下がここにいらっしゃるのは、他でもない禹央様の為だろう。

陛下はこちらを見なかったけれど、僕らに気が付いている筈《はず》だ。

馬車は竜池の横を、少しだけ歩みを緩めてゆっくり進んだ。次第に陛下の姿が見えなくなる。

「本当にお優しくて、すてきね。すてきな方だったわ……」

うっとりと禹央様が呟《つぶや》いた。

その横で、女官が必死に涙を堪《こら》えているのが見えた。

「…………」

旅立つ朝の空模様を選べないように、人の心は自由にならない。

今、姐さんはどんな色の空を見ているのだろうか？　何色の心で。

再び歩みを速めた馬車は、あっという間に朱雀門に着いた。

「華妃様は、もうこちらでお降りください」

馬車は一度止められて、絶牙よりも体の大きな屈強そうな兵士が言った。

「陳玄礼様ですか？」

兵士の手を借りながら馬車を降りると、彼は黙って頷いた。

禹央様より二十歳は年上だろう。小柄で少女のような禹央様とは対照的に、熊のように大きな人だと思った。

「あの……瓜《うり》がお好きです」

「……はい？」

玄礼氏が不思議そうに瞬《まばた》きをした。

「禹央様は、よく冷やした瓜の、少し硬いのがお好きなんです。あと……香りの良いお花が好きです」

「わかりました。できるだけ花を絶やさないようにいたしましょう」

「他には……そうですわ、お魚は怖がられます。目があるのが駄目なんですって。切り身にしていても嫌だって。でもたたいて椀《わん》にしたものはお好きです」

「そのように用意いたします」

「そして……あの……」

辛抱強く、玄礼氏は僕の話に耳を傾けてくれていた。いつの間にか雨は止んでいたけれど、それでも空は重い。また降り出す前に本当は今すぐ発《た》ちたいだろう。わかっていたけれど、僕は別れ難かったのだ。門を越えたら、次に会えるのはいつだろうか？　もしかしたら、もう二度と会えないかもしれない。

そんな僕を、禹央様は馬車から不思議そうに見ていた。僕の目から涙がこぼれた。

「どうか……優しくしてさしあげて」

「命に代えましても」

優しい声が返ってきて、僕は少しだけほっとした。

玄礼氏はきっと、約束を違《たが》えるような人ではないだろう。どうか、どうか、禹央様が幸せになれますように。

馬車が僕を置いて走り出すと、禹央様は僕を呼んで泣いていたと思う。多分。

でも『翠麗』である僕は、この門の向こうには行けなかった。

終

火焔《かえん》妃の災いも鎮まり、七月の重節《じゅうせつ》が近づく頃、立秋を過ぎた後宮には、軽やかな風が流れていた。

どんよりと後宮中を覆い尽くしていた、あのうだるような暑さが去ると、人々の心も随分軽くなるのだろうか？　僕にはまた、平和で退屈な毎日が戻ってきた。

今日は天気が良い。女官達は曝衣《ばくい》、曝書に忙しく、部屋は快い香の馨《かお》りで満たされている。

「庭の槐《えんじゅ》が綺《き》麗《れい》でしたよ、翠麗《すいれい》様」

ふさふさの淡黄色の花をいっぱい蓄えて揺れる槐を、庭から一枝貰《もら》ってきたらしい耀《よう》庭《てい》が、誇らしげに僕に差し出した。

「本当に、綺麗ね。佳《い》い香りだわ」

「あーあ、でもいいなぁ。陛下と貴妃様は今日から華清宮ですか」

例年陛下と貴妃様は、七月の重節を華清宮でお過ごしになるらしい。

二人は天帝《てんてい》にも引き裂けない仲というわけだ。

「わたくしではなく、貴妃様にお仕えしたらよかった？」

「嫌ですよ、あんな黒ずくめ」

耀庭が顔を顰《しか》めると、鈴々《りんりん》が「そうよねぇ」と笑いながら、槐を活《い》けようとして――。

「きゃっ！　ちょっと耀庭！　このお花、蜘蛛《くも》がいるじゃない！」

と、小さな悲鳴を上げた。

「え、ちょ、僕、虫は……」

青い顔で耀庭がぶるぶる首を振ったので、お茶を淹《い》れようとしてくれていた絶牙《ぜつが》が、仕方なく蜘蛛を外に逃がしに行こうとする。

「ああ〜！　逃がさないで!!」

そこに茴香《ういか》が、大慌てで飛び込んできた。

「茴香さん、蜘蛛が好きなんですか？」

耀庭が顔を顰めた。

「いいえ。でも明日《あした》は七夕ですもの。占いをするのよ。お椀の中に蜘蛛を一晩閉じ込めて、巣の張り具合で、一年の縫い物の巧を占うの」

乞巧節《きっこうせつ》ともいう七夕は、縫い仕事をする女性達の星祭りでもあるのだ。

祭りの話をする女官達を見て、また季節が一つ動いてしまうと思った。

ああ……姐《ねえ》さんが帰ってこないまま、夏が終わってしまった。

心配なことはたくさんある。

気になることも。

姐さんは、槐は幸せの花だと言った。

禹央《うおう》様は今どうしているだろう。

僕の不安も願いも、すべて何もかもを飲み込んだまま、槐の香りが後宮を覆い尽くしていった。

参考文献

『毒の歴史—人類の営みの裏の軌跡』ジャン・タルデュー・ド・マレッシ　橋本到、片桐祐訳　新評論

『[図説] 毒と毒殺の歴史』ベン・ハバード　上原ゆうこ訳　原書房

『アリエナイ毒性学事典（アリエナイ理科別冊）』くられ　薬理凶室監修　三才ブックス

『毒草を食べてみた』植松黎　文藝春秋

『野外毒本 被害実例から知る日本の危険生物』羽根田治　山と溪谷社

『中国の歴史6　絢爛たる世界帝国　隋唐時代』氣賀澤保規　講談社

『楊貴妃　大唐帝国の栄華と滅亡』村山吉廣　講談社

『世界の歴史〈7〉大唐帝国』宮崎市定　河出書房新社

『新・人と歴史 拡大版 15 安禄山と楊貴妃 安史の乱始末記』復刊版　藤善真澄　清水書院

『酉陽雑俎1〜5』段成式　平凡社

『図説 中国 食の文化誌』王仁湘　鈴木博訳　原書房

『中華料理の文化史』張競　筑摩書房

『続 中国の年中行事』中村喬　平凡社

『古代中国と皇帝祭祀』金子修一　汲古書院
『アジア遊学60』勉誠出版
『阿片の中国史』譚璐美　新潮社

＊本書は唐代の史実や文化を参考にしておりますが、一部史実とは異なる部分があります。

本書は書き下ろしです。
この物語はフィクションであり、実在の人物・地名・団体等とは一切関係ありません。

後宮《こうきゅう》の毒華《どくか》

夏炎《かえん》の幽妃《ゆうひ》

太田《おおた》紫織《しおり》

令和５年 ８月25日　初版発行

発行者●山下直久

発行●株式会社KADOKAWA
〒102-8177　東京都千代田区富士見2-13-3
電話　0570-002-301（ナビダイヤル）

角川文庫 23777

印刷所●株式会社暁印刷
製本所●本間製本株式会社

表紙画●和田三造

●お問い合わせ
https://www.kadokawa.co.jp/（「お問い合わせ」へお進みください）
※内容によっては、お答えできない場合があります。
※サポートは日本国内のみとさせていただきます。
※Japanese text only

ISBN 978-4-04-113796-3　C0193

◇◇◇

角川文庫発刊に際して

角川源義

第二次世界大戦の敗北は、軍事力の敗北であった以上に、私たちの若い文化力の敗退であった。私たちの文化が戦争に対して如何に無力であり、単なるあだ花に過ぎなかったかを、私たちは身を以て体験し痛感した。西洋近代文化の摂取にとって、明治以後八十年の歳月は決して短かすぎたとは言えない。にもかかわらず、近代文化の伝統を確立し、自由な批判と柔軟な良識に富む文化層として自らを形成することに私たちは失敗して来た。そしてこれは、各層への文化の普及滲透を任務とする出版人の責任でもあった。

一九四五年以来、私たちは再び振出しに戻り、第一歩から踏み出すことを余儀なくされた。これは大きな不幸ではあるが、反面、これまでの混沌・未熟・歪曲の中にあった我が国の文化に秩序と確たる基礎を齎らすためには絶好の機会でもある。角川書店は、このような祖国の文化的危機にあたり、微力をも顧みず再建の礎石たるべき抱負と決意とをもって出発したが、ここに創立以来の念願を果すべく角川文庫を発刊する。これまで刊行されたあらゆる全集叢書文庫類の長所と短所とを検討し、古今東西の不朽の典籍を、良心的編集のもとに、廉価に、そして書架にふさわしい美本として、多くのひとびとに提供しようとする。しかし私たちは徒らに百科全書的な知識のジレッタントを作ることを目的とせず、あくまで祖国の文化に秩序と再建への道を示し、この文庫を角川書店の栄ある事業として、今後永久に継続発展せしめ、学芸と教養との殿堂として大成せんことを期したい。多くの読書子の愛情ある忠言と支持とによって、この希望と抱負とを完遂せしめられんことを願う。

一九四九年五月三日

後宮の毒華《どくか》

太田紫織

毒愛づる妃と、毒にまつわる謎解きを。

時は大唐。繁栄を極める玄宗《げんそう》皇帝の後宮は異常事態にあった。皇帝が楊貴妃《ようきひ》ひとりを愛し、他の妃を顧みない。そんな後宮に入った姉を持つ少年・高玉蘭《こうぎよくらん》は、ある日姉が失踪したと知らされる。やむにやまれず、玉蘭は身代わりとして女装で後宮に入ることに。妃修行に励む中、彼は古今東西の毒に通じるという「毒妃《どくひ》」ドゥドゥに出会う。折しも側近の女官に毒が盛られ、彼女の力を借りることになり……。華麗なる後宮毒ミステリ、開幕！

角川文庫のキャラクター文芸

ISBN 978-4-04-113269-2

櫻子さんの足下には死体が埋まっている

Side Case Summer

太田紫織

「彼ら」が事件に遭遇!? 旭川《この街》でまた会おう!

北海道・札幌。えぞ新聞の記者、八鍬士《やくわまもる》は、旭川への異動を前に不可解な殺人事件の調査をすることに。それは14歳の少女が、祖父を毒蛇のマムシを使って殺した事件。毒蛇は凶器になるのか、八鍬は疑い、博識なお嬢様、九《く》条櫻子《じょうさくらこ》に協力を求める。その他、自分探し中の鴻上百合《こうがみゆり》子《こ》の成長や、理想の庭を追い求める磯崎《いそざき》と薔子《しょうこ》が、稀代《きたい》の『魔女』を名乗るハーバリストの変死に巻き込まれる一件など、櫻子の仲間たちが経験する「その後の物語」!

角川文庫のキャラクター文芸

ISBN 978-4-04-112560-1

涙雨の季節に蒐集家《しゆうしゆうか》は、

太田紫織

切なくて癒やされる、始まりの物語!!

雨宮青音《あまみやあおと》は、大学を休学し、故郷の札幌で自分探し中。そんなとき、旭川に住む伯父の訃報が届く。そこは幼い頃、悪魔のような美貌の人物の殺人らしき現場を見たトラウマの街だった。葬送の際、遺品整理士だという望春《みはる》と出会い、青音は驚く。それはまさに記憶の中の人物だった。翌日の晩、伯父の家で侵入者に襲われた青音は、その人に救われ、奇妙な提案を持ち掛けられて……。遺品整理士見習いと涙コレクターが贈る、新感覚謎解き物語！

角川文庫のキャラクター文芸

ISBN 978-4-04-111526-8